過保護な御曹司とスイートライフ

pinori

STARTS
スターツ出版株式会社

目次

過保護な御曹司とスイートライフ

特別書き下ろし番外編　甘い束縛

過保護な御曹司とスイートライフ

「ひどくしてください」

カーテンの隙間から見える空がわずかに明るくなり、日の出が近いことを知らせる。ベッドのヘッドボードの照明だけが淡く灯る暗い部屋。

上半身を起こして、隣で眠る人に視線を落とした。

コンタクトをしていないせいで、ぼんやりとしか顔が見えないその男の人は、名前を〝成宮〟というらしい。黒髪は、男の人にしては長めだろうか。おそらく美形に分類されるだろう。身体つきはガッシリしていて、キスはうまいと思う。……多分、それ以外も。

私にジロジロ見られているとも知らずに呑気に眠る成宮さんとは、昨日の夜が初対面で……正真正銘、私が逆ナンした相手だった。

「……おはようございます」

そう呟いて大きなベッドから抜け出し、床に落ちている服を拾って着る。衣ずれの音で成宮さんが目を覚まさないかドキドキしたけれど、そんな心配は無用だったらしい。面倒臭がって立ったままストッキングをはいたせいで、よろけて棚にぶつかってしまったのに、成宮さんはその音にも気づかずスヤスヤ寝たままだった。

よほど疲れているんだろうか。

一応、呼吸していることを寝息で確認してから、バスルームのほうに向かう。脱衣所に入り、木製の高級感溢れるドアを静かに閉めてから、洗面台の前に立った。

顔を寄せた鏡の中には、昨日となんら変わらない自分が映り……ホッとしているのか、ガッカリしているのか、どっちつかずの感情が湧き上がった。

二重の大きい瞳に、小さな鼻と薄い唇。夜道を歩いていると気味悪がられるほどに白い肌。肌同様、色素が薄いボブカットの茶色い髪。以前は下ろしていた前髪は、運気が上がるという記事を信じて左に流してみたけれど……実際、幸運が舞い込んできたかはわからないまま一年が経った。

「経験しても、変わらないものなんだなぁ……」

ようやく〝大人〟になったはずなのに。私自身は何ひとつ変わっていない。……変われていない。

でも、そんな変化が目に見えたらちょっと問題だし、そりゃそうか……と納得してから寝室に戻り、バッグを持つ。忘れ物がないかを確認したあと、そのままドアに向かい……そして、一度だけ振り返った。

大きなベッド。十人近く座れるんじゃないかってくらい大きい、コの字型のソファ。窓際にある丸いテーブルと、二脚の椅子。何十インチあるのかわからないほど大きな壁かけ液晶テレビ。きっと高いであろう、よくわからない絵画。

この広い部屋代は、ベッドサイドのテーブルに置いたお金で足りるんだろうか……と少し不安になる。

しかも、ここはホテルの最上階だ。

昨日連れてきてもらった時、成宮さんの指が〝36〟の数字を押すのを見ていたから覚えている。それ以上の数字は操作盤になかった。

こんな部屋で〝初体験〟を済ませることができた私は、幸運なんだろうなぁと思い、左に流した前髪を思い出す。こんなところで効果を発揮してくれたらしい。前髪の間から覗くおでこに触りながら、ふっとひとり笑い、ベッドに視線を移す。

弱い視力でぼやけている視界。……夢の世界。

まだスヤスヤと寝ている成宮さんに「さよなら」と呟くように告げてから部屋をあとにした。

成宮さんと出会ったのは、昨日。

職場近くの駅は、金曜日の二十一時という時間帯も手伝ってなのか、とても賑わっていた。アルコールの臭いがするサラリーマンもたくさん通りかかる中、逆ナンを試みている時に出会ったのが彼だった。

男性に声をかけようと意気込みながらも尻込みして、そのうちに知らない男性にナンパされて困っていた。

『テニスサークルで部長やってるんだよね』と自己紹介してくれたから、大学生なんだろう。視力が悪いせいでぼんやりとしか見えないけれど、おそらく年下だろうなってことと、吹いたら飛ぶような雰囲気の軽さは感じ取れていた。

逆ナンしようとしていたのだから、男性のほうから来てくれるなんて願ったり叶ったりのはずなのに、あまりにグイグイ来られて怖くなってしまって、気づけば首を横に振っていた。

『あの、私みたいな地味な女で遊んでも、つまらないと思います』

『えー？　確かに地味は地味だけど、肌とかすげー白いし、素朴で可愛いじゃん。俺、全然いけるから大丈夫』

『そうですか。でも遠慮します』

内心焦りながらそんな押し問答をしていた時、男性の向こう側からやってきて、助け船を出してくれたのが成宮さんだった。

スーツ姿の成宮さんは、近くに停めた黒い高級車から降りてきた。そしてグイグイ来るその男の人を『強引なのはよくないんじゃないか？』と紳士的に撃退してくれた。

『別に強引ってわけじゃ……』と何かを言いかけた男の人だったけれど、成宮さんがあまりに堂々としていたからか、そのうちに諦め、背中を向ける。

去っていく男の人の後ろ姿をなんとなく眺めていると、腰を折った成宮さんが私の顔を覗き込むようにして聞いた。

『大丈夫か？　金曜の夜なんて浮かれたヤツが多いし、ぼーっとしてて持ち帰られても文句言えないからな。自分で気をつけたほうがいい』

腰を折ってくれても見上げなければ合わない視線に、背が高いんだなと思った。そして、心配してくれる声のトーンや雰囲気に、『ああ、この人がいいな』と思った。直感だった。

『ぼーっとして見えたなら、あなたが持って帰ってくれませんか？』

『は？』

見上げる先で、成宮さんは多分、キョトンとした顔をしていた。

『私、どうしても今日、誰かにお持ち帰りされたいんです。だから、迷惑じゃなければ……』

　さっきまではどうしても踏み出せなかった一歩が、こんなにも簡単に出てしまい、自分でもびっくりするほどだった。しかも、こんなお願いをこんな冷静なまま口にできるなんて思ってもみなかった。

　成宮さんを前にしたら、まるで誘い出されるように言葉がこぼれて……とても不思議だった。それだけ成宮さんが話しやすいおおらかなオーラを持っていたのかもしれない。

　結構な大胆発言だっていうのはわかっていたし、きっと驚かれるだろうなっていうのも想定済みだったから、なかなか返事が来なくても黙って待つ。成宮さんが私の想像通り驚いているのは、雰囲気からわかった。

『……それ、本気で言ってんのか？　〝持ち帰り〟って意味、わかってる？』

『もう二十二なので、さすがに知ってます。それに、本気です』

　目を逸らさずに言った私を、成宮さんは少し困ったような顔で見ているようだった。

『電話番号もアドレスも交換しませんし、名前も知らないままでかまいません。ひと晩一緒に過ごしてくれたら、それでおしまい。もう、二度と会いません。後腐れゼロです。私、目が悪いんですけど、今はコンタクトを外しているので、あなたの顔もぼんやりとしか見えてませんし』

だから、今後どこかですれ違ったとしても、私は成宮さんには気づかない。会社を出る時にコンタクトを外したのは、ただ単に自分の都合だった。勇気を出すためにお酒を飲むようなもので、周りがよく見えなければ逆ナンできると思ったから。

でも、もしかしたらそれは相手にとっても都合がいいかもしれない。その可能性に気づき、まるで売り込みのように淡々とメリットを説明すると、成宮さんは『二度と会わないって言ったってなぁ……』と、後ろ頭をかく。

成宮さんがどんな顔をしているのかとか細かいことは、ぼんやりとしかわからない。それでも、困っているのかなっていうのは、声のトーンや仕草で充分伝わってきた。だから、成宮さんが戸惑い続けて数十秒経ったところで、『やっぱりいいです。突然すみませんでした』と頭を下げた。いくら直感があったからって、こんなにためらっているのに持って帰ってもらうのは申し訳ない。

私が絶世の美女だったら、あとひと押しどころか、ふた押しでも三押しでもできるんだろうけれど、残念ながらそうではない。

『いいって――』と呟く成宮さんの言葉に、被せるようにして言う。

『困らせてしまっているようですし、ほかを当たります。本当にすみませんでした』

『ほかって?』

『逆ナンします』

ハッキリと答えたのに。成宮さんは数秒黙ったあと、ははっと笑いだした。

『ナンパされてあんなに腰が引けてたヤツが、逆ナンなんかできるわけないだろ』

おかしそうに言われ、事実なだけに私は眉を寄せる。

『できます。ただ、ああいう風にガツガツ来られるのが苦手なだけで、私だって逆ナンくらい華麗に――』

『いや、できないって。見てたらわかる』

キッパリ言われて驚く。そこまでそういう行為に慣れてなさそうなんだろうか……。

まぁ、そうかもしれないなと自問自答する。だって、何を隠そう、逆ナンなんてこれが初めてなのだから。

かれこれ一時間、立ったまま逆ナンするタイミングを見計らっていたけれど、結局誰にも声をかけられずにいた。そこをナンパされて、困っていたところを成宮さんに助けられたのだから、〝無理だ〟と断言されてしまうのも当たり前だった。

『慣れないことをしてるってことは、なんかワケありか?』

『……はい』

『それって、今日じゃなきゃダメなのか？』

低く柔らかい声に問われ、『はい』と頷いた声は、思いの外重苦しいトーンになってしまった。それをフォローするでもなく、うつむいて唇を噛む。

そう、今日じゃなきゃダメだ。私は今日、覚悟を決めて、自分の人生をかけてここに立ったんだから。

家を出てひとり暮らしを始めて、明日で四年。せっかく自由を手に入れたはずなのに、私は家にいた頃と何ひとつ変われていないと、肩を落とすと同時に何かやらなくちゃと焦った。

どうにか変わりたくて、違う世界が見たくて飛び出したんだから――。

『今日じゃなきゃ、ダメなんです』と呟くように言うと……少ししてから、ため息が聞こえた。そして、頭にポスッと大きな手が乗る。

『相手は誰でもいいんだな？』

『……はい』

コクリと頷くと、成宮さんは『んー』と少し悩んでいるような声でうなってから、私の頭をグリグリと撫でた。

髪がくしゃくしゃになることなんて、全く気にもかけていないような撫で方は、私の知っているものと違い、瞬間的に声を失ってしまう。

そんな私に、成宮さんは笑ったように見えた。

『じゃあ俺が持ち帰る。お前、なんか危なっかしいし、ここに立たせてたら変な酔っ払いにでも拾われそうだし』

『え……いいんですか？』

驚いて顔を上げると、私の頭に手を置いたまま、成宮さんが聞く。

『ただ、俺だって危ないヤツかもしれないけど。それでも、本当にいいのか？』

多分合っている視線。

真面目な顔をしているんだろうな、っていうのが声でわかった。確認してくれる、厳しくも優しい声に、私は笑みを浮かべながら『はい』と答えた。

――そして。

『でも、ひとつだけお願いがあります』

『お願い？』

『はい。……ひどくしてください』

見つめる先。成宮さんの顔に驚きが広がっていくのが、ぼんやりとわかった。

朝日が昇る中、ホテルを出て迷うことなく東に延びている道を歩きだす。

昨日、成宮さんの車に揺られながら、どういう道順でここに来たのかは、きちんと覚えていた。酔っていたわけでもないし、最初から朝こっそり抜け出すつもりだったから、ひとりでも帰れるように。

スマホの液晶画面は朝の六時十分を教えていた。三月の空には、霞（かすみ）がかった青空が広がっている。

暦のうえでは春というけれど、朝の空気はまだまだ冷え切っていて、ピュッと吹く風に思わず縮こまってしまう。

人通りのほとんどない道を歩きながら見上げると、薄い雲のかかったキレイな空に高いビルがいくつも伸びている。

そんなビルの中で、ひと際目立っているのが私が今までいた高級ホテルなんだから、『すごいなぁ……』と、ちらりと後ろを振り返って再確認する。

さっきまでそこの最上階で寝ていたなんて、信じられない。この先、あんなホテルに泊まれることなんてまずないだろうなぁと思いながら、成宮さんってどういう仕事をしている人なんだろうと考える。普通の人が一夜限りの相手に使うような部屋じゃなかったし、お金持ちなことは確かだ。

昨日、お持ち帰りが無事決定してから乗せられた車には、運転手さんがいた。自分で運転しなくていいなんて、かなりの立場がある人なのかもしれない。まだ二十代後半、いってても三十歳だと思ったけれど、多分私の思い違いだ。裸眼じゃ顔のシワまで見えないし、実際はもっと上だったんだろう。……いろいろと慣れていたし。物腰や雰囲気も落ち着いていて〝大人の男〟って感じがした。

……とても、素敵な人だった。

ホテルの最上階部分を見つめてから、そっと目を逸らし、駅へ向かって歩きだす。口には出せないような場所に、わずかに感じる痛み。

昨日の夜、私は多分、そこそこ大事なものを手離したっていうのに、世界はちっとも変わらない。それでも……昨夜の出来事が、私の人生の分岐点になったことだけは確かだった。

弱い視力にわずかな不便さを感じながら着いた三階建てのアパートは、オフィス街から駅で六駅ほど離れた場所にある。最寄り駅からは徒歩二十分。四年前に見つけた時には新築を謳(うた)っていて、キレイなところが決め手だった。

全体的に白い外観。そこにシンプルな窓がはめ込まれていて、外階段を覆う屋根と風よけの部分は、落ち着いたオリーブ色。

それぞれの部屋についているベランダは、ウッドデッキのような木の素材でできている。落ち着いた色合いと温かみのあるベランダも気に入ったポイントのひとつだったかもしれない。

そんな素朴で可愛らしいアパートの二階、一番奥が私がひとり暮らしする部屋だ。入居してほぼ四年が経つけれど、住み心地は気に入っている。

玄関を開けて中に入ると、右にキッチン、左にバス・トイレへと続く扉が一枚。そして前面に広がるのが、十畳弱のワンルーム。

フローリングの上に置いてある家具は、白いベッドと、同じく白のローテーブル、そしてオリーブ色のふたり掛けのソファ。ローテーブルの下には、薄いグレーのラグマットが敷かれている。

一見、片づいて見えるのは、部屋の右部分が大容量のクローゼットになっているからで、収納性に富んでいるところもとても気に入っている。

コンタクトをしていない目を凝らして置時計を確認すると、七時十分。

土曜の朝なのにこんなに早起きしているのが不思議で、昨夜から今までのことが、どれだけ非日常的だったかを実感する。

あんな冒険は、きっとあの一度きりだ。もう許されないし……そもそも、勝手なことをした私を、あの人はどう思うだろう。

後悔はしていない。それでも、自分がしでかしたことの大きさをじわじわと思い知り、奥歯をギリッと噛みしめる。重たい気持ちを吐き捨てるようにふーっと長い息を吐き、持っていたバッグをベッドに放り投げて、そのままそこにダイブする。

そういえば、あのホテルのベッドサイズはどれくらいだったんだろう。ずいぶん大きかったけれど、あれが噂に聞くクイーンとかキングサイズというものだろうか。

ポフンとスプリングが沈んだベッドにうつ伏せになったまま、ただぼんやりとしていると、インターホンが鳴った。

ピンポーン……という音に耳を疑ってから、もう一度睨むようにして時計を確認するけど、時間は七時十三分。人の家を訪ねていい時間じゃない。

「部屋を間違えてる……とか？」

でも、私の部屋は一番奥だ。間違えるだろうか。それとも……。

首を傾げているうちに、もう一度鳴るから、慌てて玄関に走り寄る。そして、覗き穴から外を見て目を疑った。

だって、ドアの向こうには、いるはずのない人が立っていたから。裸眼だからハッキリとは言い切れないけれど……背格好や髪型からすれば多分、そうだ。

ひとりで混乱している間に三度目のインターホンが鳴り、迷ったあとでサムターンを回してドアを開けた。

こんな時間にインターホンを何度も鳴らされてしまったら、お隣さんに迷惑だ。

恐る恐る顔を出すと、私に気づいたその人が「あ」と声を漏らしてから、ため息を落とす。

「お前、急にいなくなるなよ。心配するだろ」

やれやれって感じのトーンで言われても、すぐに返事が出てこなかった。

だって……なんでここがわかったの？

昨日、成宮さんは勝手に『成宮だ』って自己紹介していたけれど、私は名前も住所も言っていない。『匿名希望です』を通した。成宮さんにはなんの迷惑もかけたくなかったから。

——なのに、どうして。

そんな疑問を頭の中でグルグル巡らせていると、成宮さんは玄関ドアの横にある表札を見て聞く。

「女のひとり暮らしなのに、表札出してて大丈夫か？　まぁ、そのおかげで俺はこの部屋だって確信が持てたから助かったけど」

「……確信？」

〝鈴村（すずむら）〟の表札を見てこの部屋だと確信したなんて、もとから私の名前を知っていたような口ぶりだ。

そこが引っかかって聞き返すと、成宮さんは当たり前のように答えた。

「〝鈴村彩月（さつき）〟っていうんだろ？」

――やっぱり怪しいかもしれない。

フルネームがバレていることに動揺して、持ったままだったドアノブを思い切り引いた。

でも、ドアは閉まり切ることなく〝ガ……ッ〟と鈍い音をたてて途中で止まる。

見れば、成宮さんの革靴が間に入り込んでいて……視線を上げると、細い隙間から「いってぇ……っ」と、彼の痛がる様子が見えた。

こういうの、刑事ドラマで見たことあるかもしれない。

「すみません。動揺のあまり、つい咄嗟（とっさ）にドアを引いちゃって」

ググッとドアを引く力は弱めずに謝ると、成宮さんはドアを手で開けようとしながら言う。

「咄嗟っていうのは、瞬間的な判断を言うんだろ。お前のコレは咄嗟じゃねぇし、その前に動揺ってどこがだよ」

それぞれ自分の方向に引こうとする私と成宮さんで、ドアの引っ張り合いみたいになる。こんなに何かを全力で引っ張ったのは、小学校の運動会で行われた綱引き以来かもしれない。

成宮さんの力に負けそうになりながらも、手は緩めずに言う。

「顔に出ないだけです。よく言われますけど、内心、相当焦ってます。心臓バクバクです」

本当にその通りだ。成宮さんが悪い人でないのはわかっていても、教えていないはずの家や名前を突き止められたら気味が悪い。１１０番と１１９番、どちらが警察だっけ……と混乱する頭で考える。

「本当に顔に出ないな……。とりあえず、手、離せ。いい加減、足いてぇ」

そんなことを言われても……と、ドアを引く力はそのままに眉を寄せた。

「だって、ここは私がひとり暮らししている部屋です。そこに、私の名前も住所も知らないはずの人が、こんな朝早く訪ねてきて、『はい、どうぞ』って通せるわけがないじゃないですか」

言いながら、なんでここがわかったのかを考える。それに、わざわざここに来た理由もわからない。昨日のことはあれっきりで終わりだと、再三伝えたはずだ。

もう一度思い出してみるけど、確かに名乗ってはいない。もちろん、住所も電話番号も。社員証や保険証を落としてきたわけでもない。

そもそも、万が一、何かしらの事情で名前がバレたところで、住所を調べようがないはずだ。名前から調べられる職種の人なんて、警察だとかそれくらい……。

頭の中をフル回転させていると、成宮さんは足の痛みに耐えながら言う。苦笑いを浮かべているみたいだった。

「そりゃ、いい判断だな。昨日の夜、あんな危なっかしいことをしてたヤツと同一人物とは思えない」

「……どうしてここが？」

『まさか、つけられた？』と疑いながら聞く私に、成宮さんは「なんでって……」と、わずかに不思議そうな声を出す。そして、「調べれば、そんなもんすぐわかるだろ」と答えた。

「お前が頑なに名前を言わないから、一応、昨日のうちに調べといたんだよ」

「昨日のうちに……？」

「ああ。お前がシャワー浴びてる間に会社に電話して、残ってたヤツに調べさせた」

「会社……」

呟いてから、ハッとした。そんな一般市民の個人情報をすぐに調べられるのなんて、警察くらいだ。〝会社〟なんて言い方してるけど、つまり〝署〟ってこと――。

「鈴村。とりあえず、部屋に入れてくれると助かるんだけど。お前が嫌がるようなことはしないから。あと、足。いい加減、解放してくれ。感覚がなくなってきた」

お願いされて、慌ててドアを引く手を離した。

公務執行妨害なんて言われて、捕まえられちゃったら……と不安になったから。足だって思い切りドアに挟んでしまったし、傷害罪だとかにもなってしまうのだろうかと、血の気が引いていく。

警察は、自分の職業を言い触らしちゃいけないって聞いたことがある。だから、〝会社〟って言い方をしたんだろう。それに、あんな慣れた感じでドアの隙間に足だって挟んできたし……多分、そうだ。

だとしたら、警察官である成宮さんがどうしてここに来たんだろう。私、知らないうちに何か法に触れるようなことをしてしまったのだろうか……。

ドアを開けると、私がまだ抵抗を試みると思っているのか、成宮さんはドアを片手で押さえたまま、私を見下ろす。

私よりも、二十センチ近く高い身長。ガッシリとした体格。確かに警官とかやってそうな体格だな……と思った。

なんの話をされるにしても、こんな朝早くから玄関前で騒ぐのは近所迷惑だ。

だから迷った挙句、「散らかってますが、どうぞ」と一歩下がると、成宮さんが「おう。悪いな」と笑うように言った。


電気ケトルで沸かしたお湯を、インスタントコーヒーの入ったマグカップに注ぐ。いい香りがふわっと部屋に広がるのを感じながら、それを持ち、ローテーブルの上に置いた。

「よろしかったらどうぞ」

ソファに座った成宮さんは「ああ、もらう」と笑顔を浮かべて、マグカップに手を伸ばす。

ボタンひとつ開けたYシャツに、スーツ姿の成宮さんがマグカップを口に運ぶのを眺め、私もコーヒーをひと口飲む。

さっきコーヒーを淹れながら交わした会話の中で、私の勤務先までも把握されていることを知り、もう成宮さんが警察関係者だということは、私の中で疑う余地もなくなっていた。

早起きの人たちの生活音がアパート内外からわずかに聞こえる中、マグカップを置いた成宮さんが「これ」と胸ポケットから封筒を取り出した。

見覚えのある茶封筒は、私が朝、ホテルの部屋に残した物だ。

「……足りなかったですか？」

事前に封入したお金は三万円。

それでも、あんな部屋に連れていかれちゃったからと、朝二万を足して部屋を出たけれど、不足していたのかもしれない。

そう思い「おいくらですか？」と聞くと、成宮さんは真顔のまま「いや、いらない」とハッキリ断った。

「いえ。そういうわけにはいきません。私がお願いしたことですし」

「俺は、金を提示されて応じたわけじゃないし、もとからもらうつもりなんかないから受け取れない」

言い切られ、ハッとする。もしかしたら、お金を渡したのはマズかったかもしれない。法に触れたりするだろうか……と不安になりながらも、でも、と考え直す。私が渡したお金は、行為への代金じゃない。

「……行為についてはそうだとしても、部屋代は別ですから」

昨日のことを思い出し、なんとなく気恥ずかしくなりながら言う。

成宮さんは私をじっと見たあと、やっぱり首を振った。

「だったら、なおさらいらねーよ。俺、あの部屋に半分住んでるようなもんだし。昨日、特別に取ったとかじゃないから」

「……ホテル住まいなんですか？」

しかも、あんな高級ホテルで？　一泊の宿泊費で、この部屋一ヵ月分の家賃が払えそうだ。

あまりに自分の暮らしとかけ離れすぎていて顔を歪めると、成宮さんは「まぁ、家庭の事情ってやつで」と軽く言った。

それを聞き、それまで、『あんな高級ホテルに住んでいるなんて信じられない』って気持ちでいっぱいだった頭が冷静になっていく。

それぞれに家庭の事情があるのは当然だし、今の言葉は配慮にかけていたかもしれない。私だって、〝家庭の事情〟から、昨日あんな行為に走ったんだから。

「すみません。込み入ったことを聞いてしまいました」

ぺこりと頭を下げた私に、成宮さんは「いや、全然」と、なんでもなさそうな様子で言った。それから少し気まずそうに「込み入った話を、俺もしに来たんだし」と告げる。

私と成宮さんの間に、込み入った事情なんてない。何しろ、出会ってまだ一日も経っていないんだから。

不思議に思いながら待っていると、成宮さんは、開いた膝にそれぞれの肘を乗せ、少し前屈みになった状態で私を見た。

私はラグマットの上に座っているから、見下ろされるかたちになる。

「初めてだって、なんで言わなかった？」

真剣な瞳で問われる。

「初めて……」とこぼして、ようやくなんのことを指しているのかを理解する。それと同時に気恥ずかしさを感じ、目を伏せた。

成宮さんは、私に経験がなかったことを言っている。

昨日、シーツに残してしまった跡とか、感覚とか……そういうものでわかったんだろうと思うと、恥ずかしい。

「ワケありだとか言ってたけど、そういう意味か？　早く初めてを捨てたいとか、変な考えが女にはあるって聞いたことがある」

「……なんだか、本当に込み入った話ですね」

ごまかすように少し笑うと、成宮さんはそれを目元に寄せたシワだけで咎める。それから、ガシガシと髪をかいた。

「別に、理由はいい。話したくないって言うなら、無理やり聞き出すつもりもない。けど……初めてなら、そう言えよ。そしたらもっと——」

「『もっと』……なんですか？　『優しくしたのに』とかそういうことが言いたいなら、私にも言いたいことがあります」

逸らしていた視線を合わせる。形のいい瞳をじっと見つめながら口を開いた。

「『ひどくして』って、最初に言ったじゃないですか」

その言葉に、成宮さんはハッとしたような表情になった。それからわずかに眉を寄せ、私の視線から逃げるように瞳を横にずらしたのは、心当たりがあるからだろう。ひどくしなかった心当たりが。

だって、昨日成宮さんは終始優しかった。身体中にキスするように触れた唇も、壊れ物でも扱うみたいに撫でる指先も、私の頬を包み込む大きな手も。全部が優しさで溢れていて……。

『……っ、ツラくないか？』

　自分こそツラそうな顔をしながらも、私を気遣う掠れた声が脳裏に浮かび、頬が熱を持つのを感じた。脳内で再生される、昨日の成宮さんの表情や息遣いひとつひとつが色っぽくて、恥ずかしくていたたまれなくなる。

　昨日は、私にしてはとても思い切った行動ばかりで、正直、まだ頭でそれを処理できていない。特にベッドの上でのことは、今だってこうして思い出すだけでいっぱいいっぱいになってしまうのに、それを話題にするなんて……頭の底から沸騰しそうだった。

「大体、なんで抱いたんですか？」

　熱でどうにかなりそうな頭を仕切り直したくて口を開くと、成宮さんはわけがわからなそうに答える。

「お前がそうしろって言ったんだろ」

「抱いてほしいって言われたら、全員抱くんですか？　いくら頼まれたからってあんな、道に落ちてたような危ない女を善意で抱くなんて、成宮さんこそ危機感が足りないんじゃないかと思います。そもそもそんな女に、自宅同様に使っている部屋をバラすとか……」

「何……おい、急にどうした？　落ち着けよ」

突然、ペラペラと話しだした私を、成宮さんがキョトンとしながらも制止するから、はぁ……と息を吐き、気持ちを落ち着かせる。

パニックになると、なんでもいいから話していないと落ち着かないのは、昔からの癖だ。でも、遠慮があるせいか家族にも見せていない部分だし、そもそも性格上、そこまでパニックになること自体も少ない。

……さっきの玄関での押し問答といい、成宮さんといると心が騒がしいなと思い、ふっと息をついた。

でも、嫌な感じがしないのは、成宮さんの醸し出す柔らかい空気のせいだろうか。

不思議に感じながらも、まだ瞳に驚きを浮かべている成宮さんに謝る。

「ごめんなさい。今混乱してて……。頭のキャパが小さいのか、混乱すると言葉がばーっと溢れてきちゃって」

説明すると、成宮さんは納得したみたいに表情を緩める。きっと、豹変とまではいかなくても、急に勢いよく話しだした私が不気味だったんだろう。

「ああ、混乱すると口が回るタイプか」

「すみません」

「いや、気持ちはわかる。器用じゃねーから、普段、思ったことを吐き出せなくて、頭に詰め込むタイプなんだろ？　俺も結構そうだから」

夏の空みたいにカラッとした笑顔からは、そんな風には思えないけれど……。ホテル生活をしているってことだし、いろいろあるんだろう。

気にはなるものの、詮索するのは失礼だ。「そうなんですか」と相槌を打ち、コーヒーのカップに手を伸ばすと、成宮さんも同じようにする。

「その前に、お前の場合、全然混乱してるようには見えないけどな」

「無表情は得意なんです」

「みたいだな」

静かに返される。その声色があまりに柔らかかったから、一体どんな顔をしているのかが気になった。カップを口につける直前で止めて、成宮さんを眺める。

コーヒーを飲む姿を見ながら、落ち着いた雰囲気を持つ人だなぁと感心する。歳はやっぱり、私が最初に思った通り、二十代……後半くらいだろう。それなのに、佇まいがしっかりとしていて、自信に溢れているように感じた。

〝頼りがいがある〟っていうのは、こういう人のことを言うんだろう。裏表なんてなさそうに明るくて、でも落ち着いていて……。例えば、こんな人が恋人だったら、毎日が潤っていてとても幸せかもしれない。

そんな風に考えながら見つめる先で、不意に成宮さんが私を見るから、ビクッと肩が揺れる。

成宮さんは少し言いにくそうな顔をしたあと、もう一度私に視線を合わせた。

「さっきの話だけど。ワケありっぽかったし、俺は損しねーし、別にいいかと思ったから」

「さっきの……ああ」

私がペラペラと聞いたことか、と思い出す。

『抱いてほしいって言われたら、全員抱くんですか？　いくら頼まれたからってあんな、道に落ちてたような危ない女を善意で抱くなんて』

あんな、言わば八つ当たりのような言葉にわざわざ答えてくれるなんて、律儀な人だなと思う。

「損だと思われなかったのなら、よかったです。好きでもなんでもないのにああいうことをするのは、面倒なんだろうなぁと思ってたので」

安心して少し笑うと、成宮さんは「損だなんて思ってねーよ」とハッキリと言う。

「普通、女に頼まれたら、ラッキーくらいに思うんじゃねーの。それでも、俺は誰でも抱くわけじゃないけど。俺だって自分の立場わきまえてるつもりだし。……ただ、初めてなら先に言っとけ」

〝立場〟……警察として、ということかなと思っていると、私をじっと見ている成宮さんが続ける。

「別にチャラついてるだとか不真面目だとか、そういうつもりはないけど、それでも、俺がお前の初めての相手になるのはおかしいだろ」

真面目な顔で言ってくれる姿に、申し訳なさがじわじわと浮かぶ。

成宮さんはきちんとした大人の男だ。そんな人を私の都合に巻き込んでしまったことを今さら後悔し、自己嫌悪の波にさらわれる。

『彩月、友達は選んだほうがいい。あんなヤツらとつるんでいたら、彩月のレベルまで下がる。ひとりが寂しいなら、俺がいくらでも話し相手になるよ。仕事？　ああ、何も問題ないよ。彩月のための時間なら、どんな努力をしてでも作るから心配ない。彩月は将来、俺のお嫁さんになるんだから』

渦を巻く海の底、聞こえてくる辰巳(たつみ)さんの声が、まるで私を洗脳するみたいに繰り返される。怖いくらいの優しい笑みを浮かべる辰巳さんの『彩月のため』という言葉は、まるで呪縛みたいに私の足に絡まっていた。

小さな頃から繰り返しかけられていた言葉のせいで、それは鎖のように頑丈になり、身動きが取れない。沈められた真っ暗な深海で苦しくて息が詰まりそうだった。

ピピピ……とアラームが鳴り、ビクッと肩が揺れる。

あまりに驚きすぎたからか、成宮さんが目を見開いて私を見ていた。

「あ……すみません……。あの、これから人が来るんです。その前に帰ってください」

スマホのアラームを止めながら伝える。

辰巳さんがここに来るまで、あと二十分。

それまでに、成宮さんがここにいた形跡を消さなければならない。

昨日、ホテルでシャワーを浴びた時、香りがつくのを心配してボディーソープは使わなかったけれど……それでも、服には部屋の香りがついてしまっているだろうか。着替えたほうがいいかもしれない。

急に焦りだした私を不思議そうに見ていた成宮さんは、何か聞きたそうだったけれど、「わかった」と立ち上がってくれたから、玄関まで送り出しながら謝る。

「昨日のことは、本当にすみませんでした。もちろん、責任取れなんて言いませんし、今後も会いたいなんて言わないので。そんなこと、許されませんし」

辰巳さんの顔が頭に浮かび、声のトーンが落ちる。

靴を履いたところで、成宮さんがピタッと止まった。

そして振り向き「許されないって、誰に?」と首を傾げるから、慌てて目を逸らした。口が滑ったことを、『しまった……』と内心思いながら笑顔を作る。

「私、目が悪いんです。だから、いつもはコンタクトをしているんですけど、昨日はわざと外して外出してました。もちろん、今もしてません」

突然変わった話題に、成宮さんが不思議そうに眉をひそめているのがわかった。

「今も、成宮さんの顔、ぼんやりとしか見えてません。だからきっと、この先どこかですれ違ったとしても、私は成宮さんに気づかない」

「どこかですれ違ってもって……」

「私のお願いを聞いてくれて、ありがとうございました。……お引き取りください」

辰巳さんが来るまで、あと十五分ちょっと。ふたり分のカップを洗って、部屋の空気も入れ換えないと……。そう頭の中で巡らせていると、成宮さんは私の顔をじっと見つめたあと「どういたしまして」と言い、私の頭を抱き寄せる。

「え……」

逞(たくま)しい胸に優しく抱かれたと思った次の瞬間には、屈んだ成宮さんにキスされていた。優しく触れるだけのキスをした成宮さんは、私の頭を柔らかく撫で、それから

「じゃあな」と笑顔を残し、部屋を出た。

パタン……と静かな音をたてて閉まったドアを、パチパチと瞬きを繰り返しながら見つめる。驚く間も、ドキドキする隙もなく流れるように行われた一連の行動に、頭がついていけずに呆然としてしまっていた。

「今、何が……」

今のはなんだったんだろうと反芻しようとしたところで、カチカチと音をたてる秒針にハッとする。こんなことを考えている場合じゃないと、慌ててカップをシンクに運び、スポンジで洗剤を泡立てた。

辰巳さんは、時間より早かったことも遅かったこともない。必ず時間通りに来る人だ。だから今日だって……。

慌ただしく洗い物を済ませ、窓を開けて網戸にする。それから服を着替え、今まで着ていた物を洗濯機に入れてスイッチを押す。時計を気にしつつも部屋を見回し……何か不自然な部分はないかと確認していた時、インターホンが鳴った。

ドキッと大きく跳ね上がった心臓を押さえながら、ゆっくりとドアを開ける。眩しい朝日を感じるとともに、ニコリとした優しい笑顔を向けられ……それをぼんやりとどこか遠い意識の中で眺めた。

両親も周りの人も、辰巳さんはとても優しい温厚な人だと褒めるけれど。私はこの人の笑顔に、温度を感じたことはほとんどない。

「おはようございます。……すみません、ちょっとバタバタしてたので埃っぽいかもしれないんですが」

部屋に招き入れながら謝ると、辰巳さんは「かまわないけど、どうしたの？」と首を傾げる。

サラサラした黒髪はつむじからまっすぐに下りて、眉にかかる長さで揺れている。襟足はYシャツにかからない程度の長さで、社会人としてとても好感が持てる、と両親がいつだったか褒めていた。

少しタレ目がちの、くっきりした二重と、スッと通った鼻筋は、とても整っていて美形だと、学生の頃から友達が騒いでいたくらいだ。

いつでも笑みを浮かべているような唇から紡がれる声は、テノールの高さで甘い。それに加え、男性にしては丁寧な話し方をするからか、私の友達は揃って辰巳さんを〝王子様みたい〟と褒めて羨ましがっていた。

確かに辰巳さんは、愛想がよくて穏やかな素敵な男性だとは思うのだけど……どうしても心を動かされないのはなんでだろう。

この笑顔に、とても細かい部分まで監視されている気持ちになるのは、私の気のせいだろうか。

「彩月？」と呼ばれ、ハッとして笑顔を取り繕う。

「あ、すみません。……実は、寝坊したんです。辰巳さんが来られるから、急いでバタバタと着替えたりしていて……」

「ああ、そうだったのか。ごめん。休みの日は、もう少しゆっくりした時間にお邪魔することにするよ。彩月も寝坊くらいしたいだろうし、俺としても彩月に無理させるのは本意じゃないしね」

スリッパを履いた辰巳さんが「九時半はどう？」と提案するから、曖昧な笑みを返した。

「そういうつもりで言ったわけじゃなかったんですけど……そうしていただけると助かります。朝はあまり得意ではないので」

目を伏せた私の髪に、辰巳さんが手を伸ばす。内心、ギクリとしていると、冷たい手が髪を撫でた。視線を上げると、微笑んでいる瞳と目が合う。

「かまわないよ。もし、彩月がいいなら朝ごはんも俺が作るから、彩月はたっぷり寝ていていいよ」

「そんな……さすがにそこまではお願いできません」

どこまでも甘やかそうとする辰巳さんに笑顔を返していると、「ところで、彩月」と真顔で声をかけられる。

「あのカップ、ふたつ出てるけど、誰か来てたの？　水がついてるし、洗ったばかりだろ？」

辰巳さんとの会話で、たまにギクリと心臓が音をたてることがある。こんな風に鋭い部分を指摘されるたびに、この人は私をどこまで見てくれているんだろうと少しだけ怖くなってしまう。

優しい人なのに、何かを隠されている気がするのは私の考えすぎだろうか。もう、何度味わったかわからないスリルを感じながら、笑顔を作った。

「サボり癖があると思わないでほしいんですけど……実は、一昨日と昨日、洗うのが面倒臭くてそのままにしてしまってたんです。さっき、辰巳さんが来る前に急いで洗い物を済ませたので、それで」

窺うような表情を作り、「呆れましたか？」と聞くと、辰巳さんはふっと口元を緩ませる。

「いや。彩月だって働いているんだし、当たり前だよ。今度からは俺が来るからって気を遣わなくていいよ。疲れているなら、俺が代わりに食器くらい洗うから」

付き合いは長年になるから、辰巳さんの作り出す緊張感は何度も経験している。だから、この人の機嫌の取り方も、もうお手のものだ。私がどう立ち振る舞えば、ご機嫌になるのか。辰巳さんを含め、両親の顔色をずっと窺いながら過ごしてきたから知っていた。

「ありがとうございます」

水曜日の二十一時と、土曜日の八時半。辰巳さんは必ず同じ時間に、この部屋に顔を出す。それはまるで、私の生活をチェックするかのように。

両親のもとから離れてひとり暮らししたいという、私の希望を後押ししてくれたのは、辰巳さんだったけれど。

自由なはずなのに、まるで、監視されているみたいだ。

「〝イケナイこと〟がしたいんです」


　会社の代表を務める父親から辰巳さんを紹介されたのは、小学生の時。長い間、役員を務めていた人の娘さんが結婚するってことで催された、パーティーでだった。結婚式場で行われたパーティーには、たくさんの人が招かれていた。

　私はまだ十歳にも満たなかったけれど、その時のことは鮮明に覚えている。目をつぶれば、すぐにあの時の光景が浮かぶようだった。

『そんな。だってシロは、ただ俺たちを守ろうとしてくれただけなのに、なんで……』

　あの時の辰巳さんの顔も声も、今もこの胸に残っているから。


　──あれは確か、十五年ほど前のことだ。

　白を基調とした会場は二階まで吹き抜けていて、天井がとても高かった。大きくくり抜かれた窓からは、太陽の光が惜しみなく降り注ぎ、神聖な雰囲気が場内を包む。

　集まった招待客は百人以上で、スーツやドレスで着飾った大人がたくさんいる中、小さな私は居場所がなくて退屈だった。

両親は、こんなお祝いの場だっていうのに、大人同士で仕事の話をしているみたいだし、私と同じくらいの子も見当たらない。

淡い水色のドレスを着せてもらった時には、とても嬉しくてワクワクしていたのに、そんな気持ちはパーティーが始まって二十分も経った頃には、すっかり消えていた。

『……つまんない』

尖らせた口から独り言を漏らし、そのまま場内をウロウロする。ウエディングドレスに身を包んだ花嫁さんを見たり、バイキング形式になっているデザートを眺めてみたり。

でも、それも飽きて、大きな窓から中庭に視線を移した時。

そこに、沈んだ表情を浮かべる男の人がいるのを見つけた。

大人とは違って制服を着ているその人は、さっき、スーツ姿の男の人と何かを話していた人だとわかった。会場内で高校の制服らしき物を着ているのは、その人だけだったから。

『そんな。だってシロは、ただ俺たちを守ろうとしてくれただけなのに、なんで……』

さっき会場前で、悲しそうな顔をした男の人が唇を震わせてそう言い、相手の人から『仕方ないんだ』と、肩をポンと叩かれていた。

わずか十分ほど前のことだ。

ほかの大人よりも自分に近い気がして、この退屈をどうにかしたくて、私はすぐに中庭と会場内を繋ぐ通路に向かった。

招待客の間をすり抜けて外に出ると、春の気持ちいい風が頬を撫でる。中庭にある桜の木からは、はらはらと桜の花びらが水色の空を舞い、黄緑色の芝の上に落ちていて、とても幻想的に見えた。

その中でひとり、何か思いつめたような顔で空を見つめている、制服姿の男の人にそっと近づく。

中庭は、学校のプールくらいの大きさがあった。

その端っこに立つ男の人の横顔はとても整っていて……そしてとても、寂しそうだった。

近づいてはみたものの、その人がまとう雰囲気があまりに独特で足を止める。

澄み切っているようで、深い。キレイなのに闇をまとっているようで……どうしていいのかわからず、ただその横顔を眺めることしかできないでいた。

すると、男の人がふとこちらを向いた。

思わずビクッと肩をすくませると、男の人はニコリと柔らかく微笑み、片膝を芝につき、視線を合わせてくれた。

『どうしたの？　確か、鈴村さんのところの……お名前は？』

優しい声だと思った。今までまとっていた雰囲気なんて嘘みたいに、明るく話しかけてくれる男の人に安心して答える。

『彩月。お兄さんは？』

『俺は、辰巳柊哉。彩月ちゃんのお父さんの会社の取引先……って言ってもわからないか。彩月ちゃんのお父さんと俺のお父さんが、知り合いなんだ』

『そうなんだ。……それ、カッコいいね。灰色の』

制服を指しながら言うと、辰巳さんは『ああ、これ？』と笑う。

『俺の学校に行けば、みんなこれを着てるよ。女の子は、チェックのスカートだけど』

薄い灰色のブレザーに赤いネクタイ、そしてワインレッド系のチェックのズボンは、春空にとても映えて見えて、ほかの人が着ているスーツよりもカッコよかった。辰巳さんの顔立ちが整っているせいもあったのかもしれないけれど。

『さっきの、〝シロ〟って誰？』

私が聞いていたとは思わなかったんだろう。辰巳さんは小さな私から見てもわかるほどに、一瞬驚き……それから眉を寄せて微笑む。

『俺の家族、かな。両親も同じように思ってくれてると思ってたんだけど……違ったみたいだ』

『どうして？』と聞いた私に、辰巳さんはゆっくりと教えてくれた。

シロという犬を飼っていたこと。シロを辰巳さんも両親も家族だと思っていたこと。シロが、回覧板を持ってきた近所の人を噛んでしまったこと。

学校から帰ったら、シロが保健所に連れていかれたあとで……殺処分することにしたと両親から聞かされたこと。

『家族だって言ってたくせに。自分たちの立場を守るためなら、平気で殺す。結局、弱い者が被害者になるんだ、って思い知った。例えば、俺が犯罪に手を染めたら、実の息子の俺でも切り捨てるんだろうな。……なんて、難しすぎたね。ごめん』

シロを飼い続けることは、望めばできたらしかった。

でも、怪我をさせてしまった以上、近所の人たちはそういう目で見てくる。シロだけじゃなく、辰巳さんたち全員を。

それに耐えられないのもあったから、シロを殺処分することで辰巳さんの両親は、自分たちの立場を守ったらしかった。

『周りに白い目で見られたとしても、家族なら乗り越えていけるなんていうのは、甘い考えなのかな。シロは……本来ならまだ生きられたのに。俺たちが守ってやらなければならなかったのに。家族に殺されたシロは……どれだけ悲しかっただろう』

悲しい瞳は空に向いていて、きっとそこにシロを思い浮かべているんだろうっていうのが幼心にわかった。悲しいのに、それでも口元には笑みを浮かべている辰巳さんがかわいそうで……気づいたらその手に触れていた。

悲しみが伝染したのか、ポロポロと涙をこぼす私を、辰巳さんは驚いた顔で見てから『ありがとう』と微笑んで……。そして、その瞳からひと筋の涙を流した。

きっと、辰巳さんが抱えた悲しみは、私が想像する以上のものだったんだろう。

それでも、決して崩さなかった柔らかい微笑みと、辰巳さんの向こうに見えた透き通るような青空を今でも覚えている。

……ああ、そうだ。あの頃はまだ、辰巳さんの笑顔に温度があったっけ。一体、いつから辰巳さんは――。

「……懐かしい夢」

ベッドの上。ぼんやりと天井を眺めているうちに、スマホのアラームが鳴り、手を伸ばして止める。それからムクリと身体を起こした。

まだ薄暗い部屋に、カーテンを開けて明かりを取り込む。昇り始めている朝日を眺めながらひとつ伸びをする。ずいぶん、懐かしい夢を見たなぁ……と考えながら出社するための準備を始めた。

朝食を済ませて、着替えて部屋を出る。会社までは電車で六駅。最初は苦手で仕方なかった満員電車も、今では日常となっていた。

眩しい朝の太陽を感じながら、アパートの外階段を下りる。ヒールだと足音が響いてしまうから、ゆっくりとそっと……と意識しながら階段を下り切ると、いつもはない場所に車が停まっていることに気づく。

黒い高級車……と思うと同時に、金曜日の夜のことが頭をよぎり、ハッとした。ナンバーまでは覚えていない。でも……。

確信までは持てずにいると、そのうちに後部座席のドアが開き、予想通りの人物が出てきた。

右眉の上で分けられた黒髪は自然に流されていて、わずかに整髪料も使っているようだった。無造作だけど、ぼさぼさなわけじゃなくきちんとしていて清潔感がある。

きりっとした眉に、奥二重の形のいい瞳。スッと通った鼻筋に、微笑みを浮かべる口元。

金曜日も土曜日もコンタクトをしていなかったから、顔立ちをしっかりと見たのは今が初めてだったけれど……その整った外見に言葉を失ってしまう。

でも、同時になんとなく見覚えがある気がして、『あれ？』っと思う。

俳優やモデルに似ている人がいただろうか……と考えていると、車を降りた成宮さんがこちらに近づいてきた。

目の前に立たれて、身長差や身体の大きさを感じ、ああ、やっぱり成宮さんだと確信した。

「よう。これから仕事だろ？　送ってくから乗れよ」

立てた親指で車を指す成宮さんに「いえ。結構です」と答えると、首を傾げられた。

「なんで？　この時間帯って、通勤ラッシュなんだろ？　絶対、車のほうが楽だと思うけど」

本当に不思議そうな顔をされ、「それはそうですけど……」と口ごもることしかできなかった。この間も思ったけれど、成宮さんは悪気がないというか、やけに純粋だから調子が狂う。

『晴れてるのに外で遊んじゃいけないの？　なんで？』とまるで小学生が聞くように、

こんな、心からの疑問をぶつけられても困ってしまう。こんな成宮さん相手に、『怪しいと思って警戒しているんです』なんて言ったら、私が悪者みたいだし……。

そこまで考えて、ハッとする。もしかしたら、私は金曜日の夜の件で成宮さんに目をつけられているのかもしれない。そのつもりはなかったにしても、結果的に見れば援助交際のようにもとれるし……その辺を疑われているから、こんな風に待ち伏せされたとか……？

そう考えるとしっくりくる気がして、わずかな緊張を感じて黙っていると、そんな私の様子を見た成宮さんが言う。

「ああ、遅刻するんじゃねーかって心配してるのか。だったら問題ない。時間までに必ず会社に送り届けるから」

最後に「約束する」と口元を緩められ……素直に頷いた。しつこく遠慮したら怪しまれてしまう気がしたから。

「じゃあ……お願いします」

「ああ」

まぁ、出社時間には余裕を持って出てきているし、大丈夫だろう。

間に合わなそうなら最悪、遅刻の連絡を入れればいい。同僚の矢田(やだ)さんには迷惑をかけてしまうけれど……。

そう割り切って車に乗ると、成宮さんも反対側から乗り込んでくる。

「時間に間に合うように頼む」

「かしこまりました」

運転手さんが返事をするのを聞きながら、シートベルトを締める。

ルームミラー越しに目が合った男性は、髪をロマンスグレーに染めたおじ様で、ニコリと細められた瞳に優しそうな印象を受けた。とても警察関係者には見えないけれど……運転手さんは別の会社から雇っているんだろうか。

それにしても、運転手さんがいるなんて、一体どういう立場の人なんだろう。

土曜日にも、チラッと浮かんだ疑問を再度浮かべていると、成宮さんに話しかけられる。

「土曜日、俺が部屋を出て少し経ってから男が訪ねていったろ。結構、年上に見えたけど、兄貴か誰かか?」

窓の外に視線を向けたまま聞かれ、どう答えようか迷う。車はちゃんと会社の方面に走っているようだった。

膝の上で、両手をいじりながら口を開く。

「家族ではないです。……知り合い、になるんでしょうか」

「ふーん。歳は？」

「三十二歳です。私より、十歳年上なので」

確か、そうだったはずだ、と考えていると、成宮さんは「俺よりふたつ上か」と呟くようなトーンでこぼす。

ってことは、成宮さんは三十歳なのか……。

そのわりに若く見える。童顔ってわけではないけれど、二十七、八くらいだと思っていた。

でも、本当にどこかで見た気がするなぁ……。なんだろう、この既視感は……。

横顔を眺めていると、不意に成宮さんがこっちを振り向く。

「で。あいつが〝許されない〟って言ってた相手か？」

窓の外を見ていた瞳が私を映す。

『昨日のことは本当にすみませんでした。もちろん、責任取れなんて言いませんし、今後も会いたいなんて言わないので。そんなこと、許されませんし』

土曜日の朝、私がうっかりそんなことを言ってしまったから、気にしていたのかもしれない。

まっすぐに見つめてくる瞳を前に、嘘をつくことは許されない気がして、迷ったあと頷いた。

「土曜日の朝と、水曜日の夜。決まった時間にあの人が……辰巳さんが部屋に来るんです」

「ただ遊びに……ってわけではなさそうだよな？」

私はどこか辰巳さんに怯えてしまっているから、そういう雰囲気や歳の差で、そう感じたのかもしれない。

「そうですね。どちらかというと……見張りに近い気がします」

「見張り？」

「私がきちんとあの部屋に戻っているか、誰も部屋に入れていないか……そういうことを確認しに来てるのかと」

辰巳さん本人に聞いたことはない。でも……多分、そうなんだろう。あの、ものすごく洞察力のある瞳は、いつも私の部屋に残る違和感を探しているように感じるから。

膝の上で両手をいじっていると、成宮さんが「もしかして、お前どこかのお嬢様とかそういう感じか？」と聞いてくるから、「まさか」と笑って首を振る。

「実家は確かに会社を経営してますけど、大企業というわけではないですし、私が小学校から中学に上がる頃は、数年に渡って経営難に陥っていたくらいですから」

結局、危ないかもしれないとはなったものの、なんとか危機は脱したようだった。

まだ子供だった私に、両親は何も話そうとはしなかったけれど、雰囲気でわかる。

怒鳴り合っている姿を見かけることもなくなったし、家の中の空気が穏やかになったから。

……ああ、その頃だったなぁと懐かしく思い出す。

学校から帰ると、リビングに両親と辰巳さん一家の姿があって、そこで婚約の話をされたっけ、と。

「辰巳さんは、私の婚約者なんです。中学の頃、両親にそう紹介されました」

「……は？　婚約者？」

驚いた顔をされる。

今の時代、婚約者なんて決まっているのは珍しい。当人同士の意思でそういう関係を結んでいる人は少なくないかもしれないけれど、私みたいにほぼ初対面に近い人を『彩月の婚約者の辰巳柊哉くんだよ』なんて紹介されるのは、きっと多くない。

あまり表情が豊かではない私でさえ、当時はポカンとしてしまったのだから、成宮さんが〝信じられない〟とでも言いたそうな顔をするのも当たり前だった。

「私の父親と辰巳さんのお父さんは仲がいいんですけど、話しているうちにそういうことにまとまったらしくて。全部が全部、決定したあとの事後報告だったので……嬉しそうにしている辰巳さんのご両親を前に、嫌だなんて反対はできませんでした」

私の両親に辰巳さんの両親、そして辰巳さん。私よりもずっと大人な人たちを前にして、私の意見なんて聞いてもらえるはずがなかったし、それがわかったから私も何も言わなかった。

嫌だなんて言ったら、リビングに流れる穏やかな空気を壊してしまうことがわかったから。

「私自身、そこまで恋愛に夢見るような性格でもなかったので……まぁいいのかなって、その時は思ったんです。思わざるを得ない空気だったのもありますが……それでも、自分の意思で頷いたつもりでした」

成宮さんはしばらく黙ったあと「中学生にひどい選択させるな」と呆れたような声で言うから、笑みだけ返して続けた。どうせ成宮さんとは行きずりの関係だし、隠しておくつもりもなかった。

「辰巳さんは悪い人ではないんです。私のことも大事にしてくれていると思いますし。でも、やっぱり自分の中で消化できていない部分はあって……。このまま結婚したら、私の人生全部が両親の敷いたレールの上を進んでいくのかなって思ったら、急に窮屈に感じてしまって。それで、最後にイケナイことをしようと思ったんです」

　辰巳さんとの婚約話を呑むと同時に、私は反抗期まで押し込んでしまったようで、両親に逆らったのなんて小さい頃だけだ。中学に上がってからは望まれるままにしてきた。今勤めている会社だって、父が勧めたからだ。

『名の知れた大企業で働いたという実績があれば、結婚式の時、鼻が高い』という、呆れてしまうような理由だったけれど、私自身、大きな企業で自分磨きをしてみたいと思ったから頷いた。

　実際、今の会社でよかったと思う。先輩にも恵まれたし、仕事もこのまま続けていきたいと思えるほど楽しいし、やりがいも感じている。でも……ここ最近、両親からやたらと出てくる〝結婚〟の単語は、ずっと仕事を続けることを許してはくれなそうで、それを思い出すと気が重くなってしまう。

　両親はふたりとも古い考え方の持ち主だから、女は学歴も仕事もほどほどでいいと思っている。

　順調な仕事さえ周りに言われるまま手離さなくちゃならないのか、って考えたら、とても理不尽に思えてしまって、だからといって逆らうこともできない。我慢の仕方は何度も教えられたけれど、逆らい方は誰も教えてくれなかったから。

だからなのか、我慢し続けたものがついに爆発したからなのか……。とにかく、こんな風に全部が親の言いなりなのが本当に突然嫌になってしまい、何かひとつ、大きく裏切ってやろうって、そう思った。

それを実行したのが……。

「……それが、金曜日のアレか」

わずかに呆れたような笑みで言われ、頷く。

「はい。すごくドキドキしました」

逆ナンは結局できなかったけど、見知らぬ男性に声をかけようとあの場所に立っていただけで緊張して足が震えたし、成宮さんと一夜を過ごしたことだって……とてもドキドキした。成宮さんとのことに限っては、今だって思い出しただけで軽くパニックになりそうなほど。

非日常的な私の知らない世界が、金曜日の夜には確かに広がっていた。キラキラしていた。

だから、ふふっと笑うと「……いや、嬉しそうにされてもな」と困ったような笑みを返された。

「でも、そう思い立って本当に実行するとか……お前、結構危なっかしいヤツだな」

ふっと柔らかい微笑みをこぼされ……トクンと胸が鳴ったのを感じた。それは、成宮さんがあまりに自然な笑顔を浮かべたからで、気づけば目を奪われてしまっていた。

なんて素直な笑顔の人なんだろうと見入っていると、成宮さんが不意に笑みの浮かんだままの瞳で私を見るから、ドキッと大きく胸が跳ねた。

「お前の中では、男と寝ることが〝イケナイこと〟だったわけか」

「……まぁ。だって犯罪にならないことでイケナイことなんて、ベロベロに酔っ払って道端で寝ちゃうとか、知らない異性とひと晩をともに過ごすことくらいしか思いつかなくて」

「どっちにしろ危ねーよ。……本当、よかった。あの時、車停めて」

やれやれとでも言いたそうな顔で言われ、首を傾げたくなる。別に私がどうなろうが成宮さんには関係ないのに、なんで心配しているんだろうって。

でも、さっきの無邪気な笑顔を思い出し、きっと人がいいんだろうと納得していると、成宮さんが「で、〝イケナイこと〟はもう続けないのか？」と聞いてくる。

わずかに浮かべている笑みは、さっきまでの優しい微笑みとは違い、少し悪そうに見えた。

「言ったはずです。私にはそれくらいしか思いつかなかったって。それに、私だって危険なのはわかってますし、だから金曜日だって気の弱そうな男性をターゲットに……」

「そうじゃなくて。協力してやろうかって意味」

「……協力？」

眉を寄せて聞いた私に、成宮さんがニッと口の端を上げる。まるでいたずらっ子みたいな、そんな顔だった。

「どうせ〝イケナイこと〟するなら、もっとデカいことしてみてもいいんじゃねーの？」

この人、本当に警察官……？

私の勘違いだったんじゃないかと思い直す。だって、警察官だったら、きっとこんな提案しない。

「もっと……大きなこと？」と驚いたまま聞き返すと、成宮さんが楽しそうに答える。

「あー……そうだな。例えば一ヵ月くらい家出でもして、俺の部屋に来るっていうのは？」

〝一ヵ月〟〝家出〟〝俺の部屋〟

成宮さんが出した単語が頭の中をグルグルと回り、理解するまでに時間がかかった。

ダメだと思う。普通に考えて、そんなこと……。でも成宮さんとは一度そういうことになっているし、こうして話していてもおかしな人ではないように感じるから、犯罪に巻き込まれるとかそういう可能性はそこまで高くないのかもしれない。

どうやら警察ではなさそうだけど、運転手さん付きの車に乗っているんだから立場のある人だ。社会的に問題になりそうなバカなことはしないだろう。

ただ、成宮さんの人柄うんぬんの前に、一ヵ月も家を空けてしまったら、両親は気づかないにしても辰巳さんはおかしく思うし、通報だってするかもしれない。会社にだって乗り込んでくるかも。

不安要素は、瞬時に思いついたものだけでもたくさんあって、成宮さんの提案を受けるのは無理だと理性が告げる。

それでも……胸の中から溢れだすワクワクが止まらなくて、未知の冒険を前にどうしようもなくときめいてしまっていて。気づけば頷いていた。こんな風に、思いつきで行動するのなんて初めてで、その先に何が待っているのか考えるとドキドキする。

「よし。決まりな」

無邪気なイタズラでも思いついたみたいな笑みを浮かべる成宮さんに、私も自然と笑顔を返す。きっと同じような顔をしていたに違いない。

「婚約者が来るのは、水曜と土曜だよな？」

「はい。それ以外は、たまに電話があるくらいです」

「じゃあ、今日、作戦決行な。二十時までに荷物まとめておけるか？　最低限でいい」

頷いた私に、成宮さんは目を細めて――。

「二十時に迎えに来る」

そう告げた。

私が契約社員として勤める会社は、大手飲料メーカーの本社だ。

八階建ての建物の一階で受付として働いて四年目になる。地方にいくつもある工場では容器や飲料を製造しているけれど、本社にはそういった施設はなく、普通のオフィスとそう変わらない。

本社は新幹線も乗り入れる大きな駅から、徒歩十分ほどの場所にある。本社配属の社員は、契約社員を含めて二百人以上。受付は仕事上、あまりほかの課との関わりがないため、ほとんどの社員とは挨拶（あいさつ）を交わす程度の関係だ。

商品を直接製造する工場とは違い、本社では新商品のアイデアを練って会議にかけたり、商品開発が決定すれば、その原材料の候補を出し、ひとつひとつの安全性を確認するために研究所に依頼を出したりしている。

お客様から寄せられた品質トラブルの原因究明に努めたり、どうすれば現場がよりよく改善されるかなど、毎日のように行われている会議の課題は尽きることがない。

受付の仕事は来客や代表電話の対応、受付ロビーの管理だけではなく、重要な来客時には、会議室や応接室までのご案内とお茶出し、片づけなどがあり、結構バタバタしている。

表情筋の乏しい私には、最初は愛想笑いが難しくて毎日がツラかったけれど、半年ほどが経った頃からやりがいみたいなものを感じるようになった。

来訪される方をきちんと接客、案内できると自信になるし、お茶出しや片づけにしても、この方はコーヒーじゃなくて緑茶だとか、きちんと把握できてくると嬉しい。細かいことを覚えると、会議を中断することなくスムーズに仕事が進み、感謝されたりもするから余計に。

仕事に慣れるにつれて、笑顔も自然と出るようになった……と思う。二年先輩である矢田さんには、まだまだ不自然だと笑われてしまうけれど。

「ただいまー」

会議室の片づけから戻ってきた矢田さんが、明るい声を出しながら隣の椅子を引く。

受付を任されているのは、矢田さんと私だけだ。

というのも、総合受付の並びには受付管理システムが導入された機械が一台置かれ、事前に社員が来客登録をしていれば、お客様が機械で操作すると入館できるシステムになっているからだ。会社の定時を過ぎると受付は無人になってしまうため、この機械が導入され、便利になった。

会議室や応接室のお茶出しや片づけも、一日に十回くらいだし、それもふたりでこなせる。けれど、それがたまたま重なってしまうと、少しだけ困ってしまう。

例えばさっきみたいに、矢田さんが片づけで席を外している間にアポイントのない来訪があったりすると、機械では対応できず、案内を誰かほかの部署の人にお願いせざるを得ない。さすがに、日中受付が無人になってしまうとマズいから。

お茶出しも片づけも、そう多くはないはずなのに、タイミングが見事に重なってしまうのが謎だ。

矢田さんは、時々こうして重なるタイミングに『この受付近辺には、魔物がいると思うのよね。ほら、甲子園にもいるっていうアレが！』っていつか言っていたけれど、そろそろそういった存在も信じたくなるほどだった。

たまに『なんのための受付だよ』みたいな嫌味をボソッと言われてしまったりすると、『魔物め……』と心の中で思うようになるくらいには、私も感化されていた。

「でも、今日案内を頼んだ営業の方は、にこやかでしたよ」

矢田さんは「それが当たり前でしょー」と口を尖らせる。

「こっちだって仕事で席外してるのに、仕事してないみたいな目で見られるのって、本当に頭にくる。役員から内線で『すぐ片づけてくれ』って言われたら行くしかないじゃないね」

「ですよね」

いろんな部署にはそれぞれ事情があるから、嫌味を言われてしまうのも仕方ないのかなぁと思いながら、パソコンで会議室の予約状況の確認をしていると、矢田さんが肩を寄せてくる。

「そんなことより、さっき副社長が出先から帰ってきたんだけど、やっぱりいいよねー、副社長。私なんかに対しても、全然威張った態度じゃないんだもん。営業部のほうがよっぽど偉そうって、どうなってるんだろー」

「副社長……そういえば、先週から本社勤務になったんですよね、確か。私、まだ見かけたことなくて」

「あ、そっか。鈴村さん、先週、研修でいなかったもんね」

パソコンで確認すると、第一会議室に十四時から予約が入っている。誰が使っているんだろう……と詳細を見るためにクリックして、予約者の名前に『あれ？』と目をとめた。

〝成宮彰人(あきと)〟ってなっているけれど……『まぁ、そこまで珍しい名字じゃないし』と、画面を閉じる。

パソコンの右下にあるデジタル時計は、十四時十八分を示していた。

「社報で写真を見た気はするんですけど、どんな方ですか？」

ロビーをぐるっと見回し、片づけなどが必要な場所がないことを確認してから、矢田さんに視線を向ける。

黒髪ロングの髪を、右耳の下でひとつに結んでいる矢田さんは、とても美人だと思う。少し吊(つ)り目のせいで怖く見られがちだって本人は嘆いているけれど、ぴしっとして整った顔立ちは周りの目を引く。アジアンビューティーって言葉がよく似合う。

「成宮副社長はね、こう、全然エリートな感じがしないっていうか……言い方が難しいけど、偉そうじゃないのに頼りがいがある感じ」

「へぇ……社長のご子息なんですよね？」

「そうよー。社長の離婚した奥さん側の姓を名乗ってるから、社長とは名字違うけど。入社してから七年間、支部や工場で現場を経験して、先週からは、社長見習いみたいな感じで働いているみたい。徐々に社長の仕事を覚えていって、引き継ぐのかもね」

「そうなんですね。離婚……」

社長が離婚したのは、確か矢田さんが入社した年だって言っていたから、六年前ってことになる。

ってことは、副社長が入社して一年か二年で離婚したのか……と考えていると、矢田さんがうんざりしたような声を出す。

「そりゃあ、これだけの大企業のトップってなれば、いろいろあるわよね。プレッシャーだって相当だろうし、プライベートな時間なんて、社員以上に取れていないと思わない？　家庭内だっておかしくなっても当然よね」

そこまで言った矢田さんはグリンと勢いよくこっちを向く。そして、さっきまでの暗い表情を一転させ、「ところが！」と、キラキラした笑顔を浮かべた。

「そんな環境で育ちながらも、副社長が爽やかでいい感じってすごくない？」

「いい感じ……ですか？」

具体的なことがわからずに首を傾げると、「そう！」と力強く頷かれる。

「だってよく考えてもみてよ。立場的に、絶対に裏のドロドロした部分を見て育ってきたわけでしょう？　いくら円満離婚だとしても、全く揉めなかったわけでもないだろうし。もしかしたら、副社長が小さい頃から冷戦状態だったかもしれないじゃない？　なのに、あそこまで純粋な笑顔を浮かべられるなんて」

「ああ、そういう……なるほど」

「私たちみたいな一社員にもあんな笑顔、振りまいてくれるとか……もう、なんだろう、天使的な？　見られるだけで幸せだと思ったし、ここに巣食ってる魔物も退治してくれそうだったんだから」

……どうせなら、きちんと退治してくれればよかったのに。

天使だの魔物だのという単語を用いながら、うっとりした様子で説明してくれる矢田さんを見る限り、副社長は相当笑顔の素敵な人なんだろうなぁと考える。矢田さんの、少しおおげさに表現する癖を除いたとしても、この騒ぎようだとかなりだ。

そういえば、社長もとても優しい笑顔を浮かべる人だから、そういう部分は社長に似たのかもなぁと考えていると、内線が鳴る。

「私、出ます」と矢田さんにひと言かけてから、受話器を耳に当てた。

「はい。受付の鈴村です」

『ああ、ちょうどよかった。第一会議室の片づけ頼めるか？』

何がちょうどよかったんだろう……と疑問に思いながらも口を開く。

「かしこまりました。今から向かいます」

ガチャリと受話器を置いてから、席を立つ。

一応、会議室などの片づけは交互で行くのが暗黙のルールだから、矢田さんに声をかけてから受付を抜ける。

濃いグレーをしたスクエア型のタイルが敷きつめられているロビーを歩くと、ヒールがカツカツと音をたてる。

大企業に勤めているということを、福利厚生の面だとか、出社するたびに圧倒される本社の大きさでも意識するけれど。こうして、キレイに磨かれているタイルの上を歩く時もそうだった。自然と背筋が伸び、少しだけ胸の奥がワクワクする。

たいした仕事はできていないけれど、ピンと張りつめた仕事の空間はとても好きだなぁと思う。

……なんて。私がたとえ、どれだけそう主張したところで、それもあと一年も味わえないのだろうけれど。

『家事も何もできないまま、嫁がせるわけにはいかないだろう。そうだな、半年から一年は花嫁修業に打ち込みなさい』

先月、父親から告げられた言葉を思い出し、小さく息をつく。

相変わらず私の意思なんて関係なくて、でも、今さらそこに疑問を抱いて反発することもできずに、結局受け入れることしかできなかった、あの言葉。

まるで私の未来を摘み取るようなその言葉は、胸の真ん中に打ち込まれたまま取り出せていない。

エレベーターで五階に上がり、すれ違う社員に挨拶しながら、第一会議室前までを歩く。そして、ドアの前で足を止め、三回ノックする。「どうぞ」と声が聞こえてきたのを確認してから、ドアを開けた。

「失礼します。お部屋の片づけに……」

第一会議室は、五つある会議室の中でも一番広く、並んでいる長テーブルは十台以上。テーブルは会議の内容によって、コの字になったり、教室のように並べられたりといろいろだけど、今日はコの字として使われていた。

南向きの窓から入り込む光は、ブラインドで調整されていても眩しいほどで、思わず目を細める。そのあと、十秒ほどかけて慣れた瞳が、室内にいるある人物を捕らえた瞬間……言葉をなくした。

コの字に並んだテーブルの端に、軽く腰かけているその人には見覚えがあった。

さっき、予約者の名前をパソコンで確認した時にも、一瞬頭をよぎったけれど……まさか。嘘でしょ。

この会社の副社長だという〝成宮彰人〟が、私を冒険に誘ってくれた成宮さんと同一人物だとはすぐに結びつかずに困惑する。

だって……失礼だけど、正直、柄じゃない。似合っていない。

グルグルグルグル、頭の中はフル回転だった。

……でも。

『成宮副社長はね、こう、エリートな感じが全然しないっていうか……言い方が難しいけど、偉そうじゃないのに頼りがいがある感じ』

『私たちみたいな一社員にもあんな笑顔、振りまいてくれるとか……もう、なんだろう、天使的な？　見られるだけで幸せだと思ったし、ここに巣食ってる魔物も退治してくれそうだったんだから』

矢田さんがキラキラしながら言っていたことを思い出し、この事実をやっと、『なるほど……』と呑み込む。

ブラインド越しの日差しを背に受けた成宮さんは、呆然としている私を見て「驚いたか?」といたずらっ子のように笑う。

私もようやく時間を取り戻し、会議室に入ってドアを閉めた。

「はい。今もまだびっくりしてます」

満足そうな笑みを浮かべる成宮さんを眺めてから、片づけに入る。

テーブルには、自社の缶コーヒーがずらりと並んでいた。

片づけ用に持ってきたトレイに空き缶を載せ、テーブルを拭いていく。

手は止めずに「副社長だったんですね」と話しかけると、「んー……まぁ、一応な」と複雑そうな声が返ってきた。

でも……そうか。だから運転手さん付きの車に乗っていて、あんなホテルにも泊まっていたのかと納得する。それからすぐに、『しまった……』と抱え切れないほどの後悔に襲われた。

だって、自分の会社の副社長を逆ナンしちゃうなんてあり得ない……。

自分の犯したミスに気づいた途端、サーッと血の気が引いていくようだった。

慌てて顔を上げると、ずっとこっちを見ていたのか、成宮さんとすぐに視線がぶつかった。

「あの、先週、私、研修施設に行っていたので、成宮副社長のお顔を知らなくて……

金曜から今まで、大変失礼しました」

混乱の中、絞り出した言葉は、自分でもわかるくらいにたどたどしかった。かなりの緊張を覚えながら深々と頭を下げると、成宮さんはすぐに「いや、謝る必要なんかないから」と軽いトーンで言ってくれたけれど、私はテーブルを目の前にしたまま首を振る。

一社員が副社長を誘うなんて……しかも、直接お礼も告げずに部屋を抜け出したうえ、うちに来た時にあんな失礼な態度を取ってしまったなんて……。

やらかした失態の数々が頭の中をグルグル回る。『どうしよう……』と焦りばかりが先行して、まともに考えられなくなってしまう。

「いえ、とても無礼な行いをしてしまいましたし……あの、本当に申し訳ありませんでし――」

「それに俺は知ってたしな。金曜日の夜、受付の鈴村だって気づいてて声かけたんだ」

テーブルを見つめている姿勢のまま、「……え？」と声が漏れる。長テーブルの木目と睨めっこしたまま停止した思考が、しばらくしてようやく再起動する。

知ってたって……なんで？

副社長がこの本社勤務になったのは先週で、私は顔を合わせていないはずだ。それに、会っていたところで一社員の私なんて、記憶に残るとも思えない。

疑問だらけで、でも『なんで?』なんて言っていいものかもわからず黙っていると、成宮さんは私の疑問が聞こえたみたいなタイミングで答える。

「本社勤務になったのは先週からでも、それ以前も会議への出席とかで何度も来てるから。まぁ、俺は社員用入口から出入りするから鈴村が顔を覚えていなくても当然だけど。……っていうか、いい加減、頭上げてくれると俺も助かるんだけど」

迷ったあと、恐る恐る顔を上げると、成宮さんはホッとしたような笑顔で続ける。

「俺が鈴村の顔を覚えてたのは、前、片づけの時にこんな風に顔を合わせたことがあったからだ。ひとりで残って資料読み返してたら鈴村が入ってきて、その時、少し話した」

「……話、ですか?」

いくら頭の中を掘り起こしてみても、記憶にない。

「まぁ、早い話が……ちょっと愚痴ったんだよ。俺が」と、ヒントのようなものを出されても思い出せずにいると、成宮さんは自嘲するような笑みをこぼした。

いつもカラッと笑う人が、こんな風に影のある笑みを浮かべるなんて、珍しいなと思う。

差し込む日差しを背中に受けた成宮さんが、口を開く。

「俺が本社勤務になる話は、最初から決まってた。その時期がどんどん迫ってきてんのも、ひしひし感じてた。プレッシャー……なんだろうな。現場とかで必死に働いている先輩を、あとから入った俺が追い抜いて、立場的には上になるってことが重たくて仕方なく感じてたんだ」

そう言って目を伏せた成宮さんに、さっき矢田さんから聞いたことを思い出す。

七年間、現場や支部で働いていたって話だった。ということは、それだけ現場の社員の頑張りを知っているってことになる。そういった人たちを間近で見ながら働いているうちに、遠くない未来、現場で働くすべての人、そしてその家族を背負う責任を自分が負うと意識した……ということだろうか。

『確かにその重圧はすごそうだな』と考え、言葉がかけられずにいると、成宮さんが続ける。

「日に日にプレッシャーがデカくなっていって、この会議室で知らない社員相手に愚痴がこぼれた。『ずっと、デカい責任背負ったまま働き続ける未来しかなくて、たまに嫌になる』って。そしたら、缶とか片づけてたその社員が……鈴村が手を止めて俺を見たんだけどさ。そん時の目があまりに切実だったから、今でも覚えてる」

微笑まれ、「あ……」と声を漏らすと、「思い出したか？」と聞かれる。

……思い出した。確かにそんなことがあったかもしれない。

『あの時、私はなんて答えたっけ……』と考えていると、成宮さんが続ける。

「『素敵な未来じゃないですか』って言ったあと、鈴村は『私の未来は真っ暗で何も見えません』って」

「……大変失礼しました」

おそらく、辰巳さんとの結婚が現実味を帯びてきた、私の本心だったんだろうけれど、あまりに自分勝手な言い分だと思い謝ると、成宮さんは首を振る。

「鈴村、そん時もすぐにハッとして謝ったあと、その発言自体を冗談に変えてた。『実は受付には魔物が住んでいて、社員の未来を暗く塗り潰しちゃうんです』って……そういえば、あの時に言ってた〝魔物〟って何？　まだ受付にいるのか？」

不思議そうに聞かれ、答えに迷う。

『矢田さんと私の間でしか通じないようなことだしなぁ……』と思いながらも「たまに顔を出しに来ますね」と答えると、「お前、真顔でそういうこと言うなよ」とおかしそうに笑われてしまった。

さっきとは違う、明るい笑顔に、『ああ成宮さんだ』とホッとする。やっぱりこの人には、矢田さんが言っていたような純粋な笑顔がよく似合うと考えていると、成宮さんはまだ笑みの残る顔で私を見た。

「まぁ、そんなことがあったから俺は金曜日、声かけた時には鈴村だと気づいてた。鈴村だって知ったうえで俺が選択したことだし、お前が謝ったり気にしたりする必要は何ひとつない」

キッパリと言い切った成宮さんが「だから、今日の作戦はそのまま決行な」と含んだ笑みを浮かべる。まるで決定事項のように言ったのは、私の気持ちが揺らいでいることを、成宮さんが気づいたからかもしれない。

だって、さすがに副社長の家にお世話になるなんていうのは、社員としておかしい。朝の状態なら、もう身体の関係にもなっちゃったわけだし失うものなんて何もないから、ついワクワクする胸に負けて頷いてしまったけれど……。相手が同じ会社の副社長とわかれば話は別だ。

残念だけど……成宮さんがどう言ってくれたとしても、この冒険は出発する前に諦めるしかない。そう思い、断るために視線を合わせると、成宮さんがひと足先に口を開く。

「受付にいる〝魔物〟についてはちょっとわからねーけど。お前にとっての魔物は、あの部屋と家族と……あと、あいつなんだろ？」

確信したような言い方をする成宮さんに、言葉を呑む。心臓がギクリと音をたて、図星だと告げていた。

『そんなわけないじゃないですか』という言葉は声にならずに、会議室の床に落ちて消える。

魔物……なんだろうか。あんなに優しい人がそうだとは思えないけれど、ドクドクと鳴る心臓は、まるでその通りだと主張しているようだった。

いつか聞いたことがある。人間は考えて行動しているわけではなく、行動が先立ってその理由をあとから頭で考えているって。

だとしたらこれは……反応している心臓が正しいってことなんだろうか。

じっと見透かすように見てくる瞳に耐え切れなくなり、わざと笑ってみせた。

「どうでしょうね。もう……わかりません」

ごまかそうとした私をなおも見つめてくる強い眼差しは、胸に直接訴えてくるような純粋さがあるように思えた。

「俺も、たまに今どこにいるのかってわからなくなる。鈴村に愚痴をこぼした時がそうだった」

一拍空けた成宮さんは、「まぁ、俺のことはどうでもいいけど」と仕切り直して続ける。

「つまりお前は、立ち位置だとかを見つめ直すためのきっかけと、時間が必要ってことだろ」

ブラインド越しの日差しを受けた成宮さんが、明るく笑う。

「だったら、せっかくの機会を逃すべきじゃない。あの部屋から飛び出すのが怖いなら、俺が手を貸してやる」

ワクワクするような、こちらまでほわっと温かい気持ちになるような笑顔で誘われたら、断りのセリフなんて出てこないのは当たり前だった。日を背に受けて笑う成宮さんがとても魅力的に思え、思わず見とれてしまっていた。

「成宮さんに手を貸してもらうのは、これで二度目になりますね。金曜日の夜と……今日の夜」

作戦は、予定通り決行だ。私の感じていた迷いも不安も、成宮さんがワクワクにすり替えてしまったから。

矢田さんは成宮さんを〝天使〟だなんて言っていたけれど。私には〝魔法使い〟のほうが正しく思えた。

「本日からお世話になります」

「……すごいですね」

約束通り、成宮さんは二十時にアパート前に迎えに来てくれた。

案内されたのは、金曜日に宿泊したホテルではなく、きちんとしたマンションだった。しかも頭に〝高級〟がつくやつだ。

今日は自分で運転していたからどうしたのかと聞くと、その日の気分によるという返事をされた。『それに、プライベートなことでいちいち呼び出すのも悪いだろ』という言葉には、なんだか成宮さんらしいなと笑ってしまった。

六階建てのマンションは広い土地にゆったりと建っていて、屋根のある駐車場から建物までの通路には、デザイン性のあるタイルが敷かれていた。その脇には背の高い木が植えられている。

サワサワと揺れる葉音が耳に優しく感じ、思わず足を止めると、成宮さんが「どうかしたか？」と数歩先から聞くから、慌てて首を横に振る。

アパートから持ち出した荷物は、大きめのボストンバッグふたつ分。そのふたつとも成宮さんが持ってくれていた。遠慮はしたけれど、奪うように持たれてしまって結局そのままだ。

「この間のホテルで暮らしているんだと思ってました」

隣に並びながら話しかけると、成宮さんが「ああ、簡単に言えば、あのホテルからここに引っ越してきたんだよ」と教えてくれる。

自動ドアから入ると、キレイなエントランスが広がっていた。床はベージュ色のタイルが敷きつめられていて、それを高い天井からの暖色のライトが照らす。

左を見ると、シルバーに光る集合ポストがあり、高級マンションでも集合ポストなのか……と変なところで感心してしまう。

でも、そのポストの材質ですら重厚感が漂っているから、やっぱりレベルが違うんだろう。ただのポストだっていうのに、まるで美術館のような雰囲気を感じるのは、私だけではないと思う。

「引っ越し……そうだったんですね」

「まぁ食事とか掃除が楽ではあるけど、ずっとホテル暮らしっていうのもどうかと思って、二週間くらい前にここ借りたんだ。ただ、引っ越ししたっきり荷物を片づけるのが面倒で放ってただけ」

「え……じゃあ、その間、マンションの家賃とホテル代、両方払ってたってことですか？」

『もったいない……』と思い、眉を寄せると、成宮さんはバツが悪そうに笑う。

「あー……まぁ。でも、そんなわけだから、鈴村が来るのをきっかけに俺もちゃんとしようって思ったってわけだ。……あ、鈴村、鍵出して」

「鍵？　どこですか？」

オートロックのドアを目の前にして、成宮さんが立ち止まる。私の荷物で両手が塞がっているから、代わりにってことなんだろう。

『スーツのポケットかな？』と思いながら答えを待っていると、「多分、ケツのポケット」と言われ、出しかけていた手がピタリと止まった。

「……え？　ケ……お尻の……？」

「右だと思うんだけど」

「……お尻に触ることになるんですけど」

「問題あるか？」

キョトンと聞かれ、『う……』と困る。例えば恋人同士や兄妹だったら、お尻だろうがどこだろうが、ポケットになんてズボズボ手を突っ込めちゃうのかもしれないけれど、つい先週、初体験を済ませたばかりの私には、ハードルが高く感じられた。

辰巳さんとは婚約者という関係ではあるものの、手を繋ぐことすらしたことないし、たまに頭や頬に触れられることはあっても、そこにこもっているのは親愛とかその類だと思う。

つまり、私の恋愛的経験は金曜日の夜だけとなる。

そんな私に異性のお尻のポケットを探れなんていうのは……難易度が高すぎる。

それでも、荷物を持ってもらっている手前、断ることなんてできないから……意を決して手を伸ばす。

「失礼します……」という声が、わずかに震えてしまっていた。

「……ないですけど」

なるべく早く済ませたくて、ためらいを捨てて探ってはみたけれど、ポケットに鍵はない。

すると、成宮さんは「ああ、じゃあ胸ポケットだ」と次の指示を出し……それから、噴き出すように笑った。

「お前さ、ケツのポケットくらいでそんな身がまえるなよ。これから一緒に暮らすってわかってんのか?」

おかしそうに笑いながら言われ、ムッと口を突き出す。

「もしかしなくても、わざとポケットのこと言って、お尻触らせましたね？」

「いや、だって、全然男慣れしてなさそうだったから、試してみたくなって……悪かったたって。ごめん。ほら、鍵取って」

まだクックと喉で笑っている成宮さんをギッと睨み上げてから、荒々しくズボッと胸ポケットに手を突っ込む。私に合わせて少し屈んでくれたおかげで、らくらくと鍵を取ることができた。

「その、解除のボタンあるだろ。それで開くから」

車のキーについているロック解除と同じようなボタンを押すと、小さな電子音が鳴り、すぐさまドアが開く。

このドア前までが誰でも入れるエリアで、ここからが住人、もしくは住人に許可された人だけが入れるスペースみたいだった。

足を踏み入れて、まず一番に目についたのが水槽だった。

正面、太さのある丸い柱には横に長い水槽が埋まっていて、色鮮やかな熱帯魚が尾を揺らして泳いでいる。

そしてそこをぐるっと囲んでいるソファは白で統一されていた。その奥にはカウンターとコンシェルジュらしき人が立っている。

やたらとだだっ広いそこは、煌(きら)びやかだとかそういう形容詞がよく似合う空間で、ぼーっと見とれてしまう。

「こっち。部屋五階の角部屋だから」

「あ、はい」

エレベーターに向かう成宮さんの横について、代わりにボタンを押し、部屋に向かった。

『引っ越ししたっきり、荷物片づけるのが面倒で放ってただけ』

そう話していたのは聞いた。ついさっきの話だし、もちろん覚えている。

でも、それは私を住まわせるにあたって、片づけたという意味に捉えていたのだけれど……どうやら私の勘違いだったらしい。

広くキレイな部屋には、不似合いな段ボールがそこかしこに積み上がっていた。

ダークグレーをしたタイル張りの床。そこに転がる白い段ボールは、ざっと見ただけでも十個以上。カーペットらしき物はグルグル巻きにされたまま、紐(ひも)を解かれてもいない。

……絶対にクルッとした癖がついちゃっているだろうなぁと考えると、なんだかムズムズしてくる。こういう、荷ほどきとか片づけとかを放っておくのが苦手な性分が発動しそうだ。

二十畳はあるだろう部屋を見回すと、何ひとつ片づけられていないように見えるけれど、カーテンだけはつけられていた。ダークグレーの床に、オフホワイトのカーテンがよく映えている。

南側の壁は一面大きな窓ガラスになっていて、日中はきっとたくさんの光が入り込むんだろうなぁと想像できた。

「寝室は向こうだから、とりあえず鈴村の荷物はそっちに……」

「私の荷物よりも先に、まず成宮さんの荷物を片づけましょう」

「……俺の？」と顔を引きつらせる姿に、「まさか、ずっと段ボールに囲まれて暮らすつもりですか？」と聞く。

すると、さすがにそんな気はないのか、成宮さんはもごもごと口を動かす。

「それは嫌だけど……でもこれ、一日で片づく量じゃねーし」

まるで子供の言い訳のような口調に「三十歳が何駄々こねてるんですか……」と、冷たい眼差しで言ってから、ひとつ息をついて気合いを入れる。早く取りかからないと、本当に今夜だけじゃ終わらなそうだ。

「段ボール生活が嫌なら、さっさと片づけましょう。もちろん、私も手伝いますから」

ぐっと腕まくりをしながら言うと、成宮さんは諦めたように笑ったあと「はいはい」と返事をして、私の荷物を床に下ろした。


「本関係は、全部そこの棚でいいんですか？」

リビングの壁に埋め込まれている棚を指して聞く。

「ん？　あー……そうだな。順番は適当でいいから」

片づけを始めて一時間。

段ボールは半分以下に減っていた。開けてみればほとんどが服関係だったから、それは寝室の大容量のクローゼットにしまい、そのついでに私の荷物もそこに置かせてもらった。

その際、大きなベッドになんとなく目がとまる。一緒に住むということは同じベッドで眠るってことだろうか……という疑問が、チラッと頭をよぎり、ドキドキしてしまったのだけれど、あとで考えることにした。一度考えだしてしまったら、きっと片づけなんて手につかなくなってしまうから。

丸めたままだった黒いカーペットも、リビングの床に敷いた。私が想像した通り、端はぺろんと丸まった癖がついてしまっていたのに、成宮さんは気にしないらしい。

『まぁ、時間が経てば直るだろ』と笑えるおおらかさは、私や家族、そして辰巳さんにはない部分だけど……嫌だとは思わなかった。小さいところに囚われない性格は、一緒にいてとても楽で、何年も前から一緒にいる辰巳さんといる時よりも楽で、それが不思議だった。

金曜日の夜、初めて会った人なのに……私がワクワクしすぎてアドレナリンが出ておかしくなっているのか、成宮さんが場を和ませるような特殊能力があるのか。

『両方かな』と考えながら、窓とは逆側にある壁に埋め込まれている棚に、本を詰めていく。段ボールに入っているのは、ほとんどがコミックだから、それを巻数を揃えながら並べていく。

「漫画とか読むんですね」

床にあぐらをかいた成宮さんは、食器類を包んでいた新聞紙を取りながら答える。

「半分は俺のじゃないけどな。同い年の幼なじみがいるんだけど、そいつが持ってきてそのまま置いてったりするから、捨てるわけにもいかねーし」

「へぇ……いいですね。幼なじみ。私、兄弟もいないので、小さい頃から一緒にいるような距離感って少し憧れます。……あの、漫画って、全巻揃ってますか？」

並べていた漫画は十二巻が抜けているから、段ボールの中を探す。

「あー、ないのもある。一、二冊抜けてんのもあるから」

『やっぱりか』と十二巻は諦め、次のシリーズを並べにかかる。

『よく一冊だけ抜けていてムズムズしないなぁ……』と思っていると、成宮さんはたまった新聞紙をガサガサとゴミ袋に突っ込む。

「俺も兄妹はいないから、家族同然みたいなのはそいつだけだな。家族……まぁ、下手したら、家族より近い場所にいるかもしれないけど」

ははっと笑った成宮さんが、次の段ボールをベリベリと開ける。

「俺の両親、離婚してるんだよ。六年だか七年前くらいに別れたんだけど、それまでも結構ドロドロしててさ。見てるのすげー嫌だったから、離婚するって聞いた時はやっとかと思った」

矢田さんの話を思い出しながら、「そうなんですか……」と返す。

どんな顔をして話しているんだろうとチラッと振り返ってみたけれど、成宮さんはなんてことないみたいな、明るい表情をしていた。

「親の嫌な部分を見たからか、それからはあんまり家族って感じでもないっていうか、親愛みたいな、それが薄れた感じ。だから、両親よりは幼なじみのヤツのほうが、まだ気軽に話せるし、気も許せる」

「……強いんですね」

そう声をかけると、少ししてから「何が？」とキョトンとした顔で見られるから「だって」と続ける。

「そんな話を明るい顔して話すから……もう割り切れてるのかなって思って。だとしたら強いなって……偉いと思ったんですけど……すみません。無神経な言葉でしたか？」

普通に抱いた感想を言っただけだったけれど、成宮さんが、弾かれたみたいな顔をするから謝る。何か気に障るような発言をしてしまっただろうか……と心配していると、成宮さんは「いや」と緩く首を振り、困ったように笑った。

「立場もあるんだろうけどさ。俺の周りではそんなの当たり前で、親の不仲とか〝そんなこと〟で済ませる感じだったんだ。今は俺もそう思うようになったけど、ガキの頃なんかは、なかなか割り切れなくて感情的になるたびに叱られたりもした」

成宮さんが言ったように、立場って言葉に尽きるんだろう。普通の家庭なら両親の不仲なんて大問題だし、当然、そんな親を見たら子供はツラいし苦しい。

でも成宮さんは、それを悲しんだりすることも止められていたのか……と考え、胸が痛む。それを当たり前とする世界で生きてきたのか……と。

「まぁ、そんな感じだったから、今、鈴村に強いとか偉いって褒められて、なんかこう……ガキの頃、消化不良になってそのままだったもんが少し解けた気がした」

最後に「ありがとな」と笑顔で言われ、「……あ、いえ」と、返すのが遅れてしまった。

子供の頃、押し殺した感情がまだ心の奥に残っているってことは、相当ツラかったはずなのに、あまりに屈託のない笑顔を浮かべるものだから、面食らってしまう。

話している内容と、声や表情の明るさが合っていないというか……。

さっき成宮さんは、感情的になると怒られたって言っていたから、ネガティブな感情を外に出さなくなったのかなと思う。出会ってからまだ間もないけれど、この人の沈んだ表情や怒った声を聞いていない。

——そういえば。

辰巳さんも、いつも穏やかな表情と声色でそれを崩さないから、そこに当てはまる部分があるかもしれない。辰巳さんも成宮さんほどじゃないにしても、大きな企業の跡取りだし、だとしたら小さな頃から感情を表に出さないように、教えられてきたんだろうか。

あの、いつだって優しく細められている瞳を思い出すと、少しひんやりした感覚が走った。

あんなに優しい辰巳さんに、なんで戸惑(とまど)いを覚えるんだろう。あの笑顔の裏に、何か別の感情が隠されているように感じるのは、私の気のせいだろうか。

あの人から注がれる情は大きくて深いから、正直、私はそれを持てあましてしまっているし、想いを返せていない。

そんな私に気づいたうえで『彩月が幸せなら俺はそれでいい。問題ないよ』と微笑む辰巳さんは、じゃあ何を望んで私のそばにいるんだろう――。

「俺も聞いていいか？」

不意に聞かれ、ハッとして顔を上げる。

「あ、はい」

成宮さんはひと際大きな段ボールの中から、ボックスティッシュやトイレットペーパーといった物を取り出していた。

どうやら、その段ボールの中には生活消耗品が入っているようだ。

私も、残り二十冊ほどとなった漫画に手を伸ばす。

高級マンションだけあって、隣の部屋や共通通路からの音は少しも聞こえてこなかった。

「鈴村は自分の未来を諦めてまで、両親の望みを聞こうとしてるだろ。そこまでする理由って何？」

『私の父親と辰巳さんのお父さんは仲がいいんですけど、話しているうちにそういうことにまとまったらしくて。全部が全部、決定したあとの事後報告だったので……嬉しそうにしている辰巳さんのご両親を前に、嫌だなんて言えませんでした』

今日の朝、車の中で話したことを覚えていてくれたのか……と思いながら口を開く。

「私が中学に上がる頃までは経営難だったって話しましたけど、やっぱり、仕事がうまくいっていないと家庭内も同じで……両親は顔を合わせれば怒鳴り合ってました。止めに入った時、父親に手を振り払われて怪我をしたこともありました」

成宮さんが心配して息を呑んだのがわかって、慌てて笑顔を作る。

「たいした怪我じゃなかったんです。ただぶつけた頭を少し切ったくらいで。ほら、全然目立ちませんし」

前髪を手で持ち上げ、おでこを見せて笑う。

こめかみの上、髪の生え際の辺りに残った傷は、自分でも探してやっと見つけられる程度の小さなものだ。

「そんな両親は、会社が持ちこたえたらケンカしてたのが嘘みたいに仲良くなって。私、すごくホッとしました。その頃には私も中学生だったので、会社経営が傾けば家庭はピリピリしちゃうものなんだってわかってて……。だから、あの数年は仕方ないことだったんだな、って納得できてました」

　指先で前髪を整えてから、漫画を並べていく。

　壁一面に埋め込まれた棚は本や小物が置けるスペースと、おそらくテレビやＤＶＤデッキを置くスペースに区切られていて、使い勝手がよさそうだった。

「辰巳さんを紹介されたのは、家の中の雰囲気が穏やかになって、一ヵ月も経たないうちでした。そこにいる私以外、全員が嬉しそうに笑ってて……もしも私が断ったら、両親がまた不仲になってしまうような、そんな危機感を持ってしまったのかもしれません」

　あの時の光景は、今でもハッキリと覚えていた。客間のソファに座る両親と、辰巳さん、そして辰巳さんのご両親。

　楽しそうに、嬉しそうに話された内容には、正直戸惑いしか浮かばなかったけれど、頷くほかなかった。断ったらどうなるのかを考えると、治ったはずの頭の傷が、瞬間的にズキンと主張するように脈打ったことも、その感覚もまだ忘れられない。

その痛みに〝断っちゃダメだ〟という意識が働き、辰巳さんとの婚約を受け入れた。

そんな私を両親たち大人は、ニコニコと笑顔で見つめ……そして辰巳さんは『かわいそうに』とでも聞こえてきそうな微笑みを浮かべて、私を見ていた。

その眼差しの意味はわからなかったけれど、辰巳さんだって勝手に婚約者を決められたわけだし、同じ立場の私にきっと同情してくれたのだろう。

「私が泣いたり嫌がったりすると、両親は昔からすごく面倒臭そうな顔をしました。両親に嫌な顔をされたくなくて『泣いちゃダメなんだ』『聞き分けよくしなきゃダメなんだ』って、小さい頃からそればかり思ってきて……だから、表情が乏しいのかもしれません」

話が暗い方向に行ってしまっている気がして、最後はわざと明るく笑い、そのまま続ける。

「それだけ話すと、両親のせいみたいになっちゃいますけど、私自身もそのほうがよかったんです。家庭内に波風は立てたくないから。それに私、恥ずかしいですけど初恋もまだなんです。多分、恋愛苦手なのでちょうどいいんです」

思春期にはすでに婚約者がいたから恋愛することは無意味に思えたし、もとから異性への関心が薄いのか、これといった興味も持たなかった。だから成宮さんに言った言葉に嘘はない。

重たい雰囲気を消すようにわざと明るく言い切ると、成宮さんはそんな私をじっと見つめた。

澄んで見えるその瞳に、なんとなくだけど取り繕った自分がバカみたいに思えてしまい……そっと目を伏せた。

責められているわけでもないのに、なんでこんなに後ろめたい気がしてしまうんだろう、と考えていると成宮さんが言う。

「そうやって、全部を他人のせいにしないのは、きっとお前が優しいからなんだろうけど。全部を自分のせいだからって、諦める必要はないんじゃないのか？」

ゆっくりと視線を合わせると、待っていたように口の端をニッと上げられる。

「全部自分のせいなら、責任取れる範囲内で何やってもいいってことだろ。もう、何もできなかった中学生の頃とは違うし、ちょっとくらい勝手やっても許される。鈴村はずっと自分の気持ちをため込んでたんだし、たった一ヵ月無茶したところで誰も文句言わねーよ」

こんな風に背中を押されたのは、初めてだった。いつだって私の道は決まっていて、親の敷いたレールの上を歩くだけだったから……決められた道もない場所で、ポンと優しく押された背中に急に胸が弾みだす。

成宮さんは、段ボールをベコッと音をたてて畳みながら「まぁ」と話す。

「最終的にはお前が決めることだけど。この一ヵ月で、なんか見つかって気が楽になるといいな」

目の前に広がる、一ヵ月の自由。

その真っ白な空間を好きにしていいのだと、成宮さんは言う。

『なんか見つかって気が楽に』なんて、漠然もいいところだとも思うけれど、無責任だとは感じなかったし、とても耳触りのいい言葉に聞こえた。

「よし。これで本系は終わりだな。あとは食器をしまえばおしまいか」

平たく潰した段ボールをまとめて壁に立てかけた成宮さんが、ひとつ伸びをしながら部屋を見渡す。成宮さんにならって部屋を見回すと、白い段ボールはすっかり姿を消し、その分、広い部屋がより広く感じられた。

四人はらくらく座れそうな黒い革のソファに、ガラス天板のローテーブル。その下に敷いてある毛足の長いカーペットの端はくるんと丸まっているけれど、重厚感漂う部屋がそこにあった。

成宮さんがシステムキッチンの吊り戸を開けるから、私もその隣に並んで手伝うことにする。

「結構、食器あるんですね」
二、三人分くらいの食器の枚数があるから不思議に思っていると、「あー、百均で揃えた」と意外な返事をされた。
「……行くんですね。百均とか」

「普通に行くだろ。安いし、なんでもあるし。食器関係も、このマンション借りた時にテンション上がっていろいろ買ったんだけど……まぁ、結局まだ使ってねーな」

「食器を買うってことは、自炊もする予定だったんですね」

私が手渡した食器を受け取る成宮さんの指は、節くれだっていて無骨で、いかにも〝男〟って感じの手だ。『この手で料理を作るのか……』と眺めていると、成宮さんが苦笑いをこぼす。

「いや、料理とか作ったことねーな。……今考えると、なんで食器が必要だと思ったんだかわからないし、いらなかった気もする」

「……結構、あと先考えない感じなんですね」

……まぁ、なんとなくそんな気はしてましたけど。とは言わずに食器を手渡す。成宮さんはそれを受け取り、吊り戸棚に入れながら「そうかもなー」と答えた。

「仕事に関係ないことは基本、その時の気分でいいかなとも思うし、細かいことは気にしてねーな。それに俺、結構そういう勘みたいなの鋭いし。本能みたいなのにしたがって、それが間違ってたことって過去にもあまりないし」

自慢みたいに言う横顔を真顔のまま見て「そうなんですか」と冷静に返したあと、吊り戸棚に視線を移す。

「……〝間違った選択〟で棚がいっぱいになりそうですが」

「まぁ……そんな時もあるよな」

ひとつ目の吊り戸棚の中は、もう次のお皿が置けないほどにぎゅうぎゅうだ。

……というのも。

「それ、種類ごとに分けるからじゃないですか？　重ねられる物を、上に重ねちゃえば余裕だと思いますよ」

種類ごとに置く場所を横に移していたら、すぐにいっぱいになる。そのくせ重なっている枚数は少ないから、上のほうはガランとしていた。

「でも、店に置いてあるのは種類ごとで分けてあるだろ」

「だって、それはお店ですから。どうしても違う種類を積み上げるのが嫌なら、吊り戸棚をもうひとつ作るような便利な物も売られてますから、それを買うのがいいかもしれないですね。……あとは、この茶碗蒸し用の茶碗とか、明らかに使用頻度の低い物は、そっちの遠いほうの吊り戸棚に分けるとか」

ひとり暮らしで茶碗蒸し用の茶碗なんて、必要だとは思えない。本当にテンションで片っ端から買ったんだな……と半分呆れながら、残りの食器を隣の吊り戸棚に入れていると、成宮さんが「そういえば」と話しかける。

「アパートにいないことに気づくのは、婚約者だけだって話だったよな？」

「はい。両親は、私が家を出てから連絡を寄こしてきたことはほとんどないので、大丈夫かと」

説明しながら、家を出てから四年が経つのに数度しか連絡は来ていないなと、その少なさに今さら驚く。とはいえ、一年に何度かは辰巳さんに連れられて実家に帰るから、わざわざ連絡してこないのかもしれないけれど。

……と、そこまで考えてから、『あれ？』と気づく。

考えてみると、家を出てからひとりで実家に戻ったことがない。いつも辰巳さんと一緒だ。

それは、実家に顔を出そうと思うって話題に出すと、辰巳さんが『じゃあ俺も一緒に行こうかな』と、忙しい仕事を調整してまで一緒に来るからだけど……。婚約者だからって、辰巳さんが気を遣ってくれていたんだろうか。

「でも、よくよく考えてみると、アパートを脱出したはいいけど、捜索願いみたいなのを出されると困るんだよな」

落ち着いた声で告げられた可能性に、ドキッとする。すっかり考え忘れていたけれど、普通にあり得ることだ。

「あ……そうですよね。成宮さんに迷惑が……」

「いや、それはいいんだけど、そんな大事(おおごと)になったらお前も戻りにくいだろ。ちょっとした火遊びなのに、周りが騒いだら台無しだし」

私に一ヵ月の住処(すみか)まで用意してくれて、そのうえ、そんなところにまで気を配ってくれている成宮さんの横顔を、呆然と見つめてしまう。立場のある方なのに、こんなに人がよくて大丈夫だろうか、と心配さえ浮かんでしまうほどだった。

眺める先、自分の顎(あご)に指を添えた成宮さんが「何か、いい口実があればなー」とぶつぶつと呟いてから、何か思いついたように表情を明るくしてこちらを見る。

「研修ってことにするか」

「研修……」

うちの会社は研修がそこそこ多い。泊まりがけになる場合は辰巳さんにも伝えているし、確かに言い訳として不自然ではないかもしれない。現に先週だって日帰りの研修に行ってきたところだ。

でも、そんなの長くても一週間だ。そんな長い研修なんて……と思い、眉を寄せると、成宮さんが説明する。

「うちの会社に知り合いがいない限り事実なんてわからないし、一ヵ月の長期研修があるって言い切れば問題ないだろ。実際、うちの社には宿泊できる研修施設があるし、『社内のレベルアップを図るための初めての試み』とでも説明すれば、婚約者だって怪しんでも嘘だとは言い切れない」

「まぁ……それはそうかもしれませんけど」

宿泊できる研修施設には私も何度か泊まったことがあるし、泊まりがけで研修という説明は、納得してもらえるだろう。ただ……問題は〝一ヵ月〟という期間だ。

「出張でもいいけど、国内で一ヵ月ってなると、さすがに嘘臭いからな。その点、研修だったら、資格取得のためだとかいくらでも理由付けできるし」

事実、海外出張のある部署もあるし、その人たちにしてみれば一ヵ月の出張なんてそこまで珍しい話じゃない。ただ、営業部でもない受付社員が、となると、明らかに怪しまれる。

　その点国内研修なら、納得するかもしれない。考えてみれば、新人研修だって二週間あったんだし……そのことは辰巳さんも知っているから、一ヵ月っていう期間も、もしかしたらすんなり受け入れてくれるかもしれない。

　それに、成宮さんの言う通り、嘘だと疑ったところで、辰巳さんはそれを裏付けできるような情報を持っていない。

「じゃあ……メールしてみます」

　最後の一枚になった食器を手渡しながら言うと、成宮さんも「それがいい」と同意する。

　バッグの中からスマホを取り出し、辰巳さんのアドレスを呼び出す。それから短い文章を作成して、わずかな緊張を覚えながら送信した。

【急なんですが、仕事で一ヵ月ほどの研修に行くことになりました。その間、研修施設に泊まることになります。部屋を空けますが、心配しないでください】

　あまり詳しく書いても嘘がバレそうなので、文章は簡潔にした。液晶画面の右上にあるデジタル時計は二十二時過ぎを示しているし、仕事が忙しい辰巳さんでもこの時間なら……と思っていると、手の中でスマホが震えだす。

ビクッと肩が跳ねてから確認すると、ブルブルという振動は辰巳さんからの着信を知らせていた。

仕事が終わっているかもしれないとは思った。それにしても……早い。

チラッと視線を移すと、成宮さんはこちらをじっと見ていて……その視線に励まされるように、ひとつ息を吐いてから電話を取った。

「はい」

『俺だけど、今は仕事中？　電話していても大丈夫かな』

「……大丈夫です。もう、施設に戻ってきたところなので」

『そう。よかった。施設って、彩月の会社が持ってる研修施設？　確か、去年も一度、行ってたよね。その時は一週間くらいだったけど』

よくそこまで覚えてるな……と感心すればいいのか、怖がればいいのかわからなくなりながらも頷く。

邪魔しないようにと思ったのか、成宮さんがリビングから出ていくのを視線で追いながら答える。

「そうです。今回はそれが一ヵ月で……。突然ですみません」

『いや、大変なのは彩月のほうだし、俺にまで気を遣わなくていい。まぁ、正直に白状すると、少し寂しいけどね。……研修施設の部屋って広い？』

ひとつトーンを下げたような声に問われ、心臓がドクッと緊張の音をたてる。怪しまれているのが声や口調からわかったから、気持ちを落ち着かせて答えた。

「広くはないですね。アパートの部屋のほうが広いかなってくらい。キッチンがないから自炊もできないし、食費がかさみそうです」

『あれ。彩月の会社、あんなに大きいのに研修費として出してくれないの？』

冗談みたいに言われるから、まさかと首を振った。

「交通費は出ますけど、さすがに食費までは。……でも、それが普通です。でないと、十年前のうちの会社みたいになっちゃいますから」

うちの会社の経営が傾いたのは、父親が社員にいい顔をしすぎたからだと、いつか母親が言っていたのを思い出す。

出張となれば、交通費から宿泊費、食費と上限を決めずに大盤振る舞いだったらしいから、その話を今思い出すと、経営も傾くだろうなぁと私でも思ってしまう。

とにかく、家族以外に対していい格好がしたい人だったらしいから、母親はそれであんなにも目くじらを立てて、いつもケンカになっていたのかもしれない。

『まぁ、そうかもね。それが普通なんだろうけど、彩月がそんな対応をされてるんだと思うと、口を出したくなってね』

　ふっと笑みをこぼしているんだろうなっていうのが、電話越しでもわかった。

　辰巳さんは私を社会人として、ひとりの女性として接してくれているんだろうけれど、たまにこんな風に過保護な発言をする。まるで、自分の子供だとか妹にでもするような心配を。

『少し出すぎた真似だったかな。ごめん』

「あ、いえ……」

『メールの件は、とりあえずはわかったよ。一ヵ月間、研修施設に泊まり込む……ってことでいいんだよね？』

　確認するような、少し低い声に問われる。まだ勘ぐっているような口調に、一瞬息を詰まらせながらも頷いた。

「……はい。戻る頃、また連絡入れます」

　数秒間、沈黙が流れ、心臓がドクドクと嫌な収縮を繰り返し始めた時。

『わかったよ。もしも、ご両親が何か言ってきたら俺から説明しておくよ。じゃあ、研修頑張って』

　そう告げられ、電話が切れる。

耳からスマホを離し……暗くなった液晶画面を見つめ、大きく息を吐き出した。電話しただけなのに、まるで大仕事でも終えたあとのようにドッと疲れが襲ってきた。

「婚約者、素直に納得したみたいだな」

声をかけられて顔を上げると、腕まくりをした成宮さんが洗面所のほうから歩いてくるところだった。

その腕の所々には、白い泡がついている。……泡？

「はい。少し疑ってはいるみたいでしたけど、とりあえずは……あの、手にすごく泡がついてますよ」

「ああ、風呂掃除してたから。あと五分くらいでお湯がたまるから、そしたら入れ。バスタオルも出してある。お前、パジャマとか持ってきたか？　ないなら俺のを適当に……あれ。ああ、そっかクローゼットに全部片づけたんだっけ」

寝室のクローゼットを覗きに行こうとする成宮さんを「大丈夫です。持ってきてます」と、手首の辺りをつかんで止める。そして、そのまま「ちょっと、こっち来てください」と洗面所まで連行した。

それにしても……太い腕だなと思う。私の手じゃ、手首すらつかみ切れない。

「何？」

「だから、泡がついてるんです。なんでこんなもこもこ泡つけたまま、部屋を歩き回れるんですか……」

呆れながら洗面所の水を出し、成宮さんの腕についていた泡を落とす。

六畳くらいありそうな大きな洗面所の床は白いタイル張りで、ほかの部屋や廊下とは雰囲気が違っていて照明も明るい。すりガラスのドアを挟んだ向こう側の浴室からは、バスタブにたまっていくお湯の音が聞こえていた。

浴室のドアの横についている操作盤には、浴室乾燥以外にも、暖房や冷房、送風といくつもボタンがある。

『すごいなぁ』と眺めているうちに、お風呂が沸いたことを知らせる音楽が聞こえてきた。

「あ。この曲、最近電機メーカーのCMで流れてるよな。カピパラの」

「流れてますけど〝カピバラ〟ですよ」

「〝カピバラ〟？　舌噛みそうだな」

タオルで腕を拭きながら呟く姿に、ふふっと笑みが漏れる。

温度のない電子音でさえ、穏やかで優しい音色に聞こえたのは、成宮さんが一緒だからだろうか。

『一緒にいると、なぜだか元気になれる不思議な人だなぁ』と、彼の横顔を眺めた。

何も食べていなかったことに気づいて、コンビニで買ってきた軽食を適当に食べてから、順番にお風呂に入る。コンビニに行った時、ついでに歯ブラシや洗顔フォームも買ってきたけれど、シャンプーとリンスだけは、浴室に置いてあった成宮さんのを使わせてもらった。

コンビニまでは徒歩五分程度なのに、成宮さんは『俺も用があるし、車出すから乗ってけ』とやや強引に言った。

命令のようにも聞こえる口調は珍しく、多分、言葉にはしないけれど、辰巳さんを警戒してくれたのかもしれないと思った。

優しい人だ。

そして、ふたりともお風呂を済ませて落ち着いたところで「じゃ、寝るか」と言う成宮さんに頷いたものの……片づけていた時に後回しにした疑問が浮かんだ。

さっき荷ほどきした時には、寝具関係は何も出てこなかった。ということは、この部屋で眠れる場所は寝室にあるベッドだけだ。

クローゼットを整理していた時に見たら、やたらと大きかったたし、ふたりで寝ても問題はなさそうだけど……ためらう気持ちがないわけではない。

でも、それもおかしな話だ。

金曜日の夜は私から誘ったし、実際そういうことだってしたのに、今はなんとなくかまえてしまうのはなんでだろう、と考えて苦笑いが漏れた。金曜日の夜は、相当捨て身だったんだなぁと気づいて。

ずっと決めていた金曜日に行動に移さなければ、この先絶対に後悔すると思ったから、本当に必死だった。

でも、そんな自分にかけた魔法の効果も、あの日だけだ。

もうとっくに解けてしまっているし、本来の私はそう簡単に身体を許すタイプじゃない。だから……こんな風に、戸惑ってしまう。

白いTシャツに、黒に青いラインが入ったジャージ姿の成宮さんが、リビングの電気をリモコンで消してから寝室に入る。一気に暗くなった室内に、ドキリと胸を跳ねさせていると、ベッドの奥に横になった成宮さんが呆れたみたいに笑った。

「そんな緊張しなくても、何もしねーよ」

暗闇の中、成宮さんが笑った気配がした。クックと喉の奥で笑っている様子に、ムッとしながらベッドに入る。

「別に、緊張なんてしてません」

「表情ガッチガチで、よくそんな嘘つくな」

「ガチガチなのはもとからです。……それより成宮さん。今気づいたんですけど、これだと北枕ですよ」

足を布団に入れ、横になろうとしたところでふと気づいて言うと、成宮さんは面倒臭そうな声で「北枕？」と答える。

大きな欠伸をしているのが、暗闇でもわかった。

「俺、そういうの気にしないし、向きなんかどうでも……おい。話してる途中だろ。枕の位置変えるな」

「私、こういうの、一度気になっちゃうと無理な……ひゃっ」

暗い中、枕を南のほうに持っていこうとしていると、腕を引き寄せられてそのままバランスを崩し、ベッドに倒れる。

ハッとして目を開けると、成宮さんの腕が私を押さえつけるみたいに身体に巻きついていた。

向き合ったまま成宮さんの腕に閉じ込められる体勢になり、慌ててしまう。

「ちょっと……」と身じろぐと、「はいはい。落ち着け」と、背中をポンポンと叩かれた。

「向きなんか関係ないって。そもそもなんで北枕だとダメなんだよ」

ギュッと背中に回った腕に、これは押さえつけられているのではなく、抱きしめられているんだと気づく。

抱き寄せられ、成宮さんの胸の辺りに私のおでこがくっついていた。

上から聞こえてくる声が、耳をくすぐる。暗いからか、わずかな息遣いまで拾ってしまい、急に恥ずかしさが襲ってきた。

「理由……は、わかりませんけど。でも、ダメだって昔から言われてますし」

緊張がそのまま表れたような声になってしまったのに、成宮さんは気づかない様子で返す。

「じゃ、たいした理由じゃねーんだって。大体、そういうのは迷信で、信じるか信じないかは自由ってヤツだろ」

まぁ……その通りではあるけれど。

「それに、北枕がいいって話もあるし。なんか地磁気？とか、そんな関係で熟睡できるってなんかで見た」

「……そういうことだったら」

私の〝北枕反対〟は、言われてみればなんの根拠もないし……と思い、ここは譲る。それに、成宮さんはもう動いてはくれなそうだ、という諦めも手伝っていた。こんな大きな身体で抱きつかれていたら、成宮さんを動かすどころか私も抜け出せない。

静かな部屋。

夜の存在をたっぷり感じて目を閉じると、成宮さんのTシャツから洗剤の匂いがした。三月だっていうのに、半袖Tシャツで寝ようとするなんて信じられない。私なんて長袖Tシャツに、もこもこのパーカーを着込んでるのに。

……それなのに、くっついていると成宮さんの体温のほうが高いんだから、不思議だ。目の前の胸は上下し、トクトクと心地いい音がわずかに聞こえてくる。

誰かの鼓動を聞くなんて、物心ついてから初めてかもしれない。うちの家庭はスキンシップとかは少なかったから、小さい頃もこんな風にくっついて寝ることとなんてなかった。

だから、私をこんな風に抱きしめるのは、この人くらいだ。

金曜日まで知らない人だったのに……こんな風に抱き合って眠っているのが不思議だ。……でも、成宮さんの呼吸を間近で聞いているうちに緊張は解け、とろとろとした眠気がすぐそこまで来ていた。

「成宮さん」

もう、眠ってしまっただろうか。規則正しく動く胸にそう思いながらも、小さな声で呼ぶと「ん？」と、低い声が返ってきた。

眠そうな声色に、ふっと頬が緩む。

「私、今日ずっとワクワクしてました。狭い檻から初めて外に出たみたいに……胸が弾んでました。だから、ありがとうございます。一ヵ月間、ちゃんと迷惑にならないように気をつけますから」

目を閉じたままそう告げ、そのまま眠りにつこうとしていると、しばらくしてから「お前、料理とかできる？」と聞かれる。

落ちていきそうだった意識が、わずかに浮上する。

「凝った物でなければ」

『話の脈略がないなぁ……』と、うとうとしながら考えていると、成宮さんが言う。

「じゃあ、明日からお前が飯当番な。それが家賃代わりだ。で、明日はハンバーグがいい」

「……ご飯は作りますけど、家賃も払います」

「いいんだよ。これは俺が言いだしたことなんだし」

これは譲ってくれない声だな……というのがわかり、不本意だけど呑み込んだ。

「じゃあ、ハンバーグに目玉焼きとチーズも載っけますね」

もう半分眠っているような状態で返すと、成宮さんの胸が楽しそうに上下する。笑ってるんだろう。

「うまそうだな。なんか腹減ってきた」

「夢の中で好きなだけ食べてください。……おやすみなさい」

「ああ、おやすみ」

そう囁(ささや)くように言った成宮さんが、私のおでこに唇を寄せた……ような気がしたけれど。

眠気にずぶずぶと沈んでしまって、現実なのか夢なのか確認はできなかった。

「キスくらいできます」


成宮さんとの生活は、想像していたよりもずっとスムーズなスタートを切った。生活レベルに差がありそうだし、私はあまり順応性がないから、落ち着いて暮らせるようになるには、一ヵ月じゃきっと足りないだろうなぁと正直、諦めていたのだけど。

初日に一緒に眠り、翌日目が覚めたら、驚くことに時計が九時を回っていた。

祝日とはいえ、自分の部屋でだってこんな時間まで寝たことないのに……。

隣を見れば成宮さんがスヤスヤ……というよりは、ぐーすか寝ていて、その呑気な寝顔をしばらく眺めてから笑ってしまった。

私は冷え症だからか、夜中、肌寒くて、ここ最近は何度か目が覚めるのが癖みたいになってしまっていた。それなのに、成宮さんの体温が高いせいか、珍しく一度も目が覚めることなく熟睡できて、頭の中はスッキリとしていた。

寝ている間もずっとそうだったのか、目覚めた時には私の身体の上に成宮さんの腕が乗ったままで、それを持ち上げて押しのけたところで、成宮さんが目を開けた。

そして私を確認すると、ふんわり微笑んで『……おはよ。よく眠れたか？』なんて頬に触れてくるから、その温かさに身体中の血が沸騰したような気がした。

成宮さんは御曹司という立場ではあるし、ああ、そういう感じだな、という部分も所々には見られる。適当にソファに脱ぎ捨てられているスーツのタグには、高級ブランド名が刺繍(ししゅう)されているし、スーパーでの買い物ではまず値段を確認しない。

成宮さんのマンション近くのスーパーには、高級住宅地という土地柄のせいか、私が今まで選んできた物よりも、ワンランク、ツーランク上の商品が陳列されている。

にもかかわらず、『うまそう』とカゴにポンポン放り込む様子には、呆然とするしかなかった。

とはいえ、生活全部が派手なわけではない。私が作った夕飯もおいしいと食べてくれるし、リクエストされるメニューも、焼き魚だったり野菜の胡麻和(ごまあ)えだったりと、いたって家庭的で普通だ。

マンションは会社から徒歩十分ほどだから、通勤にも便利だし、スーパーも駅もほど近い。立地条件だけでもかなり値が張りそうなのに、そのうえ、この広さや高級感だ。家賃が相当高いだろうことは、聞くまでもなかった。

初日に一緒に寝てからは、もう当たり前のように隣で眠っていて、四日経った今では、成宮さんが私を抱き枕のように扱うことにもすっかり慣れてしまっていた。別に何をしてくるわけでもないし、私自身、成宮さんの腕の重たさや体温があるとなんだか落ち着くから、特に気にもしていない。

成宮さんの接しやすさといったら、すでに両親以上なんだからすごい才能だなと感心してしまう。

「えっと……あと、にんじんか」

ピカピカのシステムキッチンの前に立ち、にんじんに包丁を入れる。タンタン、と適当な厚みに切ったあと、ひと口サイズにする。

それから鍋の中を覗き、牛ヒレ肉の表面の色が変わっていることと、千切りにした玉ねぎがきつね色になっていることを確認してから、にんじんを入れて炒める。

少しそうしたあと、具材が隠れる程度の水を入れ、鍋にフタをする。

そして、じゃがいもを別茹でしようと小鍋に水を注いでいた時、ガチャリと鍵が開いた音がした。

時計を見ると、十九時。休み明けのこの二日間、成宮さんの帰りは二十時を過ぎていたし、大体いつもそれくらいだって話だったのに……珍しい。

玄関まで出向くことはせず、キッチンに立ったまま作業を続けていると、バタバタと足音が近づいてくる。

成宮さんは普通に歩いていてもわりと足音は大きい。

でも、『こんな風に騒がしいのは珍しいな』と思い、玄関から繋がっているドアを見ていると、バターンとこちらも勢いよく開けられた。

「アッキー、これうちの母さんからおすそ分けだってー、キウイ。あと、なぜかアーモンドチョコが大量にあって……あれ？」

茶色い髪色をした男の人が、明るい声で言いながら入ってきて驚く。

短髪のその人は成宮さんと同じくらいの歳に見えた。当たり前のように入ってきた彼は、呆気（あっけ）に取られて声も出せずにいる私を見ると、キョトンとした顔をして首を傾げる。

それから「あ！」と声を漏らし、ぱぁっとした笑顔を浮かべた。

「もしかして、鈴村さん？　アッキーから聞いてる。家出してきたんでしょ？」

〝家出〟とは少し違う気もしたけれど、まぁ似たようなものかと否定はしないでおく。

それよりも、突然入ってきたこの人は安全なんだろうか……と疑いの目で見ていると、男の人がつかつかと近づいてきて手を差し出す。握手のつもりのようだった。

「俺は、アッキーの幼なじみの竹下慶介（たけしたけいすけ）。よろしくねー」

とりあえず「鈴村です」と握手を交わす。ふわっと香る柑橘（かんきつ）系の匂いは香水だろうと思い出す。

か。『幼なじみ』という単語に、そういえば成宮さんからそんなワードを聞いたっけ

『半分は俺のじゃないけどな。同い年の幼なじみがいるんだけど、そいつが持ってきてそのまま置いてったりするから』

『俺も兄妹はいないから、家族同然みたいなのはそいつだけだな』

ハッとして「あ、幼なじみって、よく漫画を置いていくっていう……?」と漏らすと、竹下さんはパチパチと瞬きを繰り返してから苦笑いをこぼした。

「何、その覚え方。まぁ、そうだけど。アッキーんとこに置いてる漫画の半分は、俺のだし」

「あの、〝アッキー〟って……?」

さっきから気になっていた呼び名を聞いてみると、竹下さんは「もちろん、彰人のことだけど」と明るい笑顔で答える。

あっけらかんとした軽い明るさは、成宮さんのものとはまた違うけれど、話しやすさを感じて、『類は友を呼ぶ』ということわざが頭に浮かぶ。

「ここの住人の成宮彰人。略してアッキー」

ニカッと歯を見せて得意げに言う竹下さんに、「……そうなんですか」とだけ返す。

どんな反応が正しいのかがわからず、愛想笑いのようになってしまった。

「さすがに三十にもなって〝アッキー〟ってどうだろうなーって俺なりに思ったから、本人にも聞いたんだけどさ、呼び名なんかなんでもいいだろって言われて。まぁ、そっかって。ほら、アッキーって細かいこと気にしないから」

笑顔で言われ、その通りだなと思う。

ずっと感じていたことだけど、成宮さんは器が大きい。小さなことを気にしない姿勢は、時たま呆れて笑ってしまうけれど、好ましい。

「ところで、これ、何作ってんの？　俺も手伝ったら、夕食一緒に食べていってもいい感じ？」

キッチンに入ってきた竹下さんに手元を覗き込まれる。沸騰してきた鍋に気づいて弱火にしてから、じゃがいもを茹でる用の小鍋をコンロに置いた。

「手伝ってもらわなくても、ひとり分増えるくらいなら間に合うから大丈夫ですよ。成宮さんが結構たくさん食べるってわかってから、多めに作ってるので」

ハンバーグを作った日に、ご飯の二度目のおかわりをされて、もうないことを告げたら残念そうな顔をされた。

それから、一応、成宮さんが三回おかわりしてもいい量を作るようにしている。それでも完食してくれるので、作り手としては気持ちいい。

「ああ、アッキーは昔からよく食べるんだよなー。っていっても、日常的に運動してた学生時代とは違うんだから、気をつけないとすぐ腹とか出そう」

ははっと笑った竹下さんが「これ、洗って皮むけばいい？」とじゃがいもも片手に言うので、お願いすることにする。

「手を切らないように気をつけてくださいね」

「オッケー。俺、器用だから大丈夫」

ニコッとした明るい笑顔に、こんなにも親しみやすさを感じてしまうのは、成宮さんから竹下さんの話をあらかじめ聞いていたからだろうか。隣に立たれても、緊張や怖さは感じなかった。

「成宮さん、今も毎日とはいかなくても、会社にあるトレーニング施設で身体動かしてから帰ってきてますよ。だからあんなに食べられるのかも」

竹下さんが皮をむいてくれたじゃがいもを、私がひと口サイズに切っていく。

彼はピーラーで皮をむきながら「ああ、そっか。アッキーと鈴村さん、同じ会社だっけ」と答える。

「トレーニング施設があるとかいいよねー。うちも入れようかなぁ」

そんな言い方をするってことは、竹下さんも立場のある方なんだろうか……。そう思い、「あの、竹下さんって——」と口にした途端、遮られてしまった。

「俺、名前で呼ばれるほうが好きだなー」

ニコッとして言われ……一拍置いてから「慶介さん」と呼ぶと、「なーに？」とへらっとした顔で聞かれた。なんだか……憎めない雰囲気を感じてふっと笑ってしまう。

「で……あの、慶介さんも会社の重役を務めてるんですか？」

慶介さんが皮をむいてくれた四つのじゃがいもを切り、水を張った小鍋に入れる。それからＩＨコンロのスイッチを入れた。

「んー、そんなたいしたポジションじゃないけどね。アッキーんとこの子会社、って言えばいいのかな。親がそういう会社やってるから、俺はその手伝いしてるくらい。一応、副社長っていう肩書きはあるけどねー」

「……やっぱり重役じゃないですか」

「んー、でも本当、そんな感じじゃないんだって」

ピーラーを洗いながらへらへらしている横顔からは、そう見えないけれど、すごいなあと思わずため息が漏れてしまう。

大きな鍋で煮ている肉やにんじんに、そろそろ火が通ったかもしれないと思い、ビーフシチューのルーを箱から出し、まな板の上に並べる。

そして、溶けやすいようにと、ルーを包丁で千切りのように薄く切る。

すると、濡れた手をシンクの上で振り、水を切っている慶介さんが「でも、あの真面目なアッキーが同じ会社の子と同棲かー」なんて言うからすぐに訂正する。

「同棲じゃありません。私がただお世話になってるだけで……」

「でも、ヤることとヤッてるんでしょ？」

首を傾げながら聞かれた言葉に、時間が止まった気がした。ルーを切っていた手もピタリと停止し……今、何を言われたんだろうという疑問が頭の中を駆け巡る。

完全に停止してしまった私を、慶介さんは不思議そうに見たあと、「あっ」と何かに気づいたみたいに声を漏らした。

「ごめん。もしかして困らせちゃった？　今の発言ってアウト？」

慌てた様子で謝られ、パチパチと瞬きを数回繰り返したところで、ようやく時間が動きだす。

「いえ、すみません。そういう話に慣れていないので、ちょっとびっくりして……」

「あー、やっぱりか！　ごめん、ごめん！　なんか男同士って、いつもこういう感じだし、俺の周りにいる女の子も下ネタとか全然平気な子ばっかだから、つい……」

申し訳なさそうに顔を崩したところを見ると、悪気はなかったんだろう。慶介さんの言うように、本当になんでもない感じで出ただけで。

成宮さんも辰巳さんも下ネタなんて言わないから、いきなり口に出されて驚いたけれど……。私が世間知らずなだけで、案外、普通なのかもしれないと思い直す。

「いえ。多分、私がそういう話に免疫がないだけですから、気にしないでください」

意識して笑顔を作ってから、ルーを全部切り、それを鍋に投入する。かき混ぜ、そこに少量の牛乳を入れたところで鍋の火を止める。

それからじゃがいもを確認すると、ちょうどよく火が通っていたから、湯切りをして鍋に移し……ビーフシチューが無事完成した。あとは、買ってきたカットサラダを適当にアレンジして、パンを出せばいいだけだ。

ふぅ、と息をつき……それから隣に立つ慶介さんをチラッと見上げた。

「あの、私くらいの年代の女性って、そういう話題にも寛容なんでしょうか？」

同年代の友達は、辰巳さんがあまりよくないって嫌がるから意識して作ってはこなかった。たまに仲良くなっても、飲み会とか合コンとかを辰巳さんに禁止されていたから参加できなくて、だんだんと疎遠になってしまった。

だから、同じ歳の子がどんな感じなのかよくわからない。じっと見上げていると、慶介さんは「んー」と斜め上に視線を向けながら教えてくれる。

「タイプにもよるけどね。もちろん、鈴村さんみたいな子だっているし。ただ、あんまりそういう話題を毛嫌いされると、場が盛り下がったりはするかも。アルコールが入った場では特に……って、鈴村さんってもしかして、あんまりそういうこと知らないの？　合コンとか行ったことある？」

ふるふると首を振ると、「へー！　珍しい」と驚いた慶介さんが「あ、じゃあさ！」と何かいいアイデアでも思いついたみたいに目を輝かせる。

「俺が合コンの雰囲気教えてあげるよ。んー……何がいいかな。王様ゲームは人数がなー……」

なんてぶつぶつ言いながら、慶介さんはキウイが入っているらしい紙袋の中を覗く。

まだ、話してみて三十分程度しか経たないけれど。慶介さんって子犬みたいだなと思う。コロコロと表情が変わるし、人見知りもしなそうだし、一緒にいても男の人っていうよりは、弟だとかに思えてしまう。

成宮さんと幼なじみってくらいだし、年齢は私よりだいぶ上なんだろうけれど……。

「あ、いいもん見っけ！」

慶介さんが嬉しそうな声を出した。

〝いいもん〟が見つかったと表情を明るくさせた様子に、『よかったですね』と心の中で一緒になって喜んでいると、「じゃん！」とチョコの入った箱を見せられる。

そういえばこの部屋に入ってきた時、そんなことを言っていたかもしれない。差し入れは、熟したキウイと、なぜか大量のアーモンドチョコだって。

慶介さんはパッケージを開けると、中からチョコをひと粒取り出してみせた。

「これ、なーんだ」

「チョコですね」

「そう。合コンではこんなサイズ感のお菓子を使って、盛り上がる遊びがあるんだよ。これを口に挟んで、隣の人に渡していくってゲーム」

「へぇ……口に……」と繰り返しながら、その様子を頭の中に思い浮かべる。口に挟んだチョコを、隣の人に……え。隣の人に？

「え……まさか、相手の口にってこと……？」

こんな小さなチョコを隣の人にって、だってそれって……とうまく情報処理ができないでいると、慶介さんが説明してくれる。

「そう。まぁ、普通はもう少し長さのあるプリッツ系だったりするけど……ま、いっか。ほら、これくわえてて。食べないでね」

ポカンと開けたままになっていた口に、チョコを押しつけられくわえさせられる。言われるままそうしていると、慶介さんはニコッと笑い「じゃ、いくよー」と顔を近づけてくるから、そこでようやくハッとした。もうゲームがスタートしているんだと気づいてたじろぎそうになる。

明るい雰囲気だし、下心とか他意はないんだろう。ただ、何も知らない私に教えてくれようとしているだけで……だから、嫌がるのは失礼だ。それにこれは、合コンの場で普通に催されているゲーム。みんなが平気でしていることなんだから、私だってこれくらい……っ。

そう意気込み、ギュッと目をつぶる。……けれど、近づいてくる気配に耐え切れなくなって、思わず慶介さんの胸を押し返した。

「ん？　なになに？」

笑顔で聞かれたところで、口にチョコを挟んだままじゃ答えられない。

じっと見て首を振ってみせると、慶介さんは「ほら、大人しくしてなきゃダメだよー」と軽いトーンで言い、私の手を片手で拘束(こうそく)してしまう。

さっきまで子犬だとか思っていたのに、手首をつかむ力の強さにそんな考えは消え、頭の中は怖さでいっぱいになった。こんな簡単に押さえ込まれてしまうことも、力の差も怖い。

「ん……っ」

笑みを浮かべたままの慶介さんが、ゆっくりと近づく。

恐怖のあまり身体は凍ってしまったように固まり、すべてがスローに見えた。音がなくなった世界で、自分の心臓がドクドク鳴っているのだけが聞こえる。

逃げることもできないまま、ただ、慶介さんの唇がわずかに開いた様子を見ていることしかできずにいた時。

「――お前、何してんの？」

そんな声が部屋に落ちた。ハッとして見れば、カウンターを挟んだ向こう側、リビングに立つ成宮さんがいて……不機嫌そうに眉を寄せてこちらを見ていた。

思わず口の中に含んでしまったチョコが、舌の上でじわりと溶ける。

さっきの声……成宮さんにしては低く怖かったような……気のせいだろうか。

混乱しながらも、そんな風に考えていると、私の手を離した慶介さんが明るい声で言う。

「あ。アッキー、おかえりー。いや、鈴村さんがあまりに男女の戯れ方を知らないから、教えてあげようかなーって……いてっ」

キッチンまでやってきた成宮さんが、慶介さんのお尻の辺りを膝蹴りする。

「こいつにはそういうの必要ないんだよ。……で、慶介はなんの用で来たんだ？」

その声はまだわずかに不満そうだったけれど、表情はいつもの成宮さんだった。

「おかえりなさい」と声をかけると、「おう」と笑顔を返されてホッと胸を撫で下ろす。さっきいつもと違って見えたのは、勘違いだったかもしれない。

「俺は、母さんに頼まれて差し入れを持ってきただけ。キウイとチョコね。で、あとこのメール確認して」

そう説明した慶介さんが、ポケットから取り出したスマホを成宮さんに向ける。

「立食パーティー……ああ、近藤建設のか。パス」

さっと見てそう判断した成宮さんに、慶介さんは「えー」と苦笑いをこぼしながらスマホを操作する。

「まぁ、そうかなとは思ってたけど。あそこの娘さん、明らかにアッキー狙いだもんねー。アッキー、女で面倒臭いことになるの嫌いだし、仕方ないか」

まるで過去に何かあったような言い方をしているので、気になっていると。

「あ。やべ、父さんから呼び出し入ってた」

スマホを見て焦りだした慶介さんが、急いでリビングから出ていく。

「鈴村さん、ごめん！　手料理、また今度食べさせて！　じゃあね、アッキー」

「あ、はい……」という返事が聞こえたかどうか。

すごいスピードで部屋をあとにしてしまった慶介さんにポカンとしていると、成宮さんが玄関まで歩き、鍵をかけて戻ってくる。ぼんやりとその様子を見ていると、成宮さんが「キウイとチョコ……これか」と、キッチンテーブルの上にある紙袋を覗く。

「はい。キウイは明日の朝にでも食べますか？」

「そうだな。でも、食い切れるかな。すげー量」

苦笑いを漏らす成宮さんの手元を覗くと、紙袋の中には二十個近いキウイが入っていた。慶介さんが持ってきた時から、『ずっしりして重たそうだなぁ』とは思っていたけれど……それにしてもすごい。

「ジューサーでジュースにしちゃうと、結構あっという間に終わっちゃいますよ。……でも、成宮さんたくさん食べるから、普通に食べても一週間でなくなるんじゃないですかね」

「んー、俺、飯はいくらでも食べられるけど、果物とかデザート系ってあんまり得意じゃねーんだよなぁ」

後ろ頭をかきながら言う成宮さんを「そうなんですか」と見上げていると……ふと

視線がぶつかる。

何か言いたそうな瞳に、なんだろうと思っていると「慶介に何もされなかったか？」と聞かれ、苦笑いを浮かべた。

「はい。さっきのも、ただ、合コンでする遊びを教えてくれてただけなので。……さっきみたいなの、成宮さんもするんですか？　お菓子を口で渡すゲーム」

慶介さんは、みんなが当たり前みたいにしているって説明していたし、男同士だと結構すごい話もするって言っていた。

だから、成宮さんもそんなこととして遊んでるのかな……と、ふと疑問に思って聞くと、困ったような笑みを返される。

「まぁ、学生の頃はそういうノリがなかったとは言わないけど……俺はあまりしたことない。それに、この歳になって合コンとか行ってんの、あいつくらいだろ」

「そうなんですか……」

そういうものなのか。

会社の更衣室とかで、ほかの女性社員がよく合コンを話題に挙げているのは、まだ二十代半ばだからとか年齢の関係もあるのかな、と考えていると「それにしても、ずいぶん怖がってたな」と言われる。

見上げると、からかうような笑みを向けられるから、ムッと口を尖らせた。

「私だって、本気を出せばあんなゲームくらいできます」

「どうだかな」

「本当ですよ」

「へー」

完全に信じていない様子にカチンときて、慶介さんが置きっぱなしにしていた箱からチョコをひと粒つまみ、成宮さんに突き出す。

「楽勝です。はい、これ」

成宮さんは、やや怪訝そうにしたあと、突き出されたチョコの意味に気づいたのか、

「何、くわえて待ってればいいのか?」と口の端を上げた。

「そうです」

「じゃ、はい」

あっさりチョコをくわえるってことは、私が絶対にできないって決めつけているからだ。

今からギリギリまで近づいた私にチョコを奪われるっていうのに、余裕の表情で待っている姿を腹立たしく思いながら、成宮さんの両腕をそれぞれつかむ。

「目、閉じててください」

成宮さんが『はいはい』とでも聞こえてきそうな顔で目を閉じたのを確認してから、背伸びをし……今さら襲ってきた緊張をなんとか呑み込んで近づく。

顔を傾けて口を開けると、心臓のドキドキが外まで飛び出し、身体を震わせた。考えてみれば、こんな風に自分から男性に近づくのなんて初めてで、それを意識した途端、一気に顔が熱を持つ。

こんなの、どうにかなりそう……。

それでもここでやめるのは嫌だった。女の意地がある。バクバクとうるさい胸に、これはただの作業だと言い聞かせ、最後の一歩の距離を詰める。

そして、チョコの略奪に成功した時――。

「ん……っ」

離れようとしたところを抱き寄せられ、そのまま唇を合わされた。口先にくわえていたチョコは成宮さんの舌に押し込まれ、そのまま私の口内に落とされる。

甘いチョコが、ふたりの舌の温度にとろりと柔らかく溶けだす。鼻に甘い香りが抜けていき、頭の中がクラクラしそうだった。

「ふ、ぁ……っ」

背中に回った、逞しい腕。逃げないようにと顎を固定する手。

それは、慶介さんがした拘束よりも強いのに……怖いとは思わなかった。溶けたチョコを塗りつけるように動く舌に、ビクッと肩が跳ねてしまう。

そんな私に、成宮さんは唇を合わせたまま わずかに笑い……最後に残ったアーモンドを奪うとキスをやめた。

安心からなのか、余韻からなのか。「はぁ……」と吐息を漏らすと、それも笑われたので、キッと睨み上げる。「顔、真っ赤」と意地悪く言う成宮さんの胸を、拳で叩いた。

急にこんなキスしておきながら笑える神経が信じられなくて、しばらくボカボカ叩く。けれど、アーモンドを噛んだ成宮さんは「痛い痛い」とたいして気にしている様子も見せずに夕食の準備をするから、それがまた頭にきた。

「私、にんじん食べられませんから、入れないでください」

「偉そうに言うな」

ビーフシチューを皿によそってくれている横顔が、呆れたような笑みをこぼしていた。その横顔に胸が高鳴った気がしたのは、まだキスによる動悸が残っていたからだろうか……。

「あまり信用しないでください」

『彩月を守れるのは俺だけだから。彩月も何よりも俺を優先して信じてほしい。……何があっても』

それは、婚約者として紹介されたあと、しばらくしてから辰巳さんに告げられた言葉だ。

私の手を優しく取り、穏やかな表情で微笑む辰巳さんの瞳には、何か強い意志のようなものを感じた。

辰巳さんは数度しか会ったことのない私に、なんでここまで言ってくれるんだろう。その疑問はその時に生まれたまま、今も私の胸の中にある。

『彩月も何よりも俺を優先して信じてほしい。……何があっても』

〝何よりも〟って、具体的に言うとなんだろう？　〝何があっても〟と、意味深な口調でつけ加えた辰巳さんには、この先、何かがあるって見えているんだろうか。

いつも穏やかな表情しか見せない裏で、辰巳さんは一体何と戦っているんだろう。

成宮さんのところでお世話になるようになって一週間が経っても、辰巳さんからこれといって探りを入れられるようなことはなかった。なんにでも慎重で疑り深い人だから、あの電話一本で納得してくれたとは思えないけれど……。

　私が辰巳さんの性格を誤解しているだけだろうか。


　テーブルには、夕食に作ったオムライスとサラダ、そしてカボチャスープが並んでいた。

　成宮さんはこれに加えてパンを食べるらしいけれど、もうその食欲に驚きはしなかった。念のために、とフランスパンを買っておいてよかった。

　住まわせてもらっている代わりに、食事作りだけでなく、食費も私に出させて欲しいと初日にお願いしたけれど、成宮さんは頷いてくれなかった。私があまりにしつこく食い下がったからか、折半でということにはなっているけれど……正直、それも叶えてもらえるか不明だ。

　同居二日目の朝に『食費な』と渡された額は明らかに多かったし、一緒に買い物に出れば、成宮さんが当たり前のように財布を出してしまうし。成宮さんの負担にはなりたくないのに……譲ってくれない態度にはため息が落ちるばかりだ。

　つついても『まぁ、そこは甘えとけ』と笑顔で言い切る成宮さんは、多分、私の財布事情を気にしてくれているんだろう。案外、いろいろ気を回してくれるタイプなのかもしれない。お風呂だって、毎回私を先に入らせるし、重たくない荷物でも、持つのを代わってくれるから。

お金のことは別にしても、〝女性〟として扱ってくれているんだと思うと、なんだか胸の奥がむずがゆくなって……嬉しくなる。

私が夕食を作るようになってちょうど八日。

最初の数日は、いちいちマンションのエントランスを通るたびにビクビクしていたけれど、今では水槽の熱帯魚を眺める余裕も出てきていたし、コンシェルジュの方に会釈することにも慣れてきた。

食事を始めて少しした頃『婚約者は何も言ってこないか？』と成宮さんが聞いてきたから、何も連絡はないことと、それが意外だということを伝える。

あと、何に対しても疑り深いことを言うと、成宮さんがサラダを食べながら聞く。

「疑り深いって、仕事でか？　それともプライベートでも？」

「両方です。多分、私が言うことも半信半疑というか、全部は信じ切っていないんじゃないかなって」

成宮さんが、私の部屋を訪ねてきた朝がいい例だ。

辰巳さんは私の言動よりも、洗ったばかりのカップという物証を優先させていた。

あの時は嘘がバレていないかと、私が辰巳さんの表情を窺っていたからわかったけれど……多分、私が気づいていないだけでいつもそうなんだろう。私が本当のことを言っていようがどうだろうが、その裏をいつでも取られている気がする。

それは、単純に性格のせいなのかもしれないけれど……いくら嘘をつかれるのが嫌いだと言っても、度を超えているように感じた。

あれじゃあ、辰巳さん本人だって息苦しそうだ。

「でも、お前のことはすげー大事にしてるんだろ？」

「……はい。本当に、なんで辰巳さんみたいな人が、私なんかをかまってくれるのかわからないんですけど。〝婚約者〟って紹介された時からずっと、特別に扱ってくれています」

いろいろ引っかかる部分もあるけれど、大事にしてくれているのは、紛れもない事実だ。

「でも……辰巳さんが私に向けてくれている愛情って、婚約者に対するものっていうよりは慈悲心とか、保護欲とか、そういうもののような気がします」

オムライスにスプーンを入れると、半熟にした卵がとろりと流れ落ちる。

卵の中にチーズを入れてみたけれど、ちょうどよく溶けていて嬉しくなる。

「保護欲……まぁ、言ってる意味はわかるかもしれない。歳も離れてるし、妹みたいに思ってても不思議じゃない」

妹……確かにそうなのかもしれない。今まで週に二回、必ず辰巳さんと顔を合わせていたから、あまり深く考える時間もなかった。けれど、今回は会わなくなって一週間以上が経つ。

その間に辰巳さんのことを自然と考えてしまうことは結構あったし、考えれば考えるほど疑問が浮かぶばかりだった。

そもそも辰巳さんは、私との縁談を快く受け入れているのだろうか。辰巳さんも、私と同じように両親に逆らえなかったとしたら、なんで私をここまで大事にしてくれるのかがわからない。

うちの会社と辰巳さんのお父さんが経営している会社では、辰巳さんの会社のほうが大きい。

辰巳さんの会社に手を切られたらうちは困るだろうけれど、その逆はないのに……。

なんで強引に決められた婚約者に、忙しい仕事の合間を縫って週に二度も会いに来るんだろう。

『俺のことは気にしなくていい。俺は彩月さえ笑っていられれば、それでいいから』

いつだったか、私なんかと婚約してしまって本当にいいのかと聞いた時に、辰巳さんから言われた言葉だ。辰巳さんは、私のためだったら本当に自分のことすら後回しにしそうで……そこに、何か言葉にできない感情を覚えた。

何か言葉の裏に辰巳さんの本音があるような、そんな気がした。確かに引っかかりはあるのに、そこに答えがあるのはわかっているのに、手が届かない。まるで、頑丈な鍵がつけられた箱みたいに、開けられない。

こうして辰巳さんと離れる前には〝気がした〟と曖昧に片づけていたものを、今はしっかりと疑問として捉え、考えられている。それは辰巳さんと一緒にいたら決してできなかったことで、最初に成宮さんが言っていた『手を貸してやる』という言葉を思い出した。

バカにされるだろうから口には出さないけれど。私にとって成宮さんは、本当に魔法使いみたいだ。

「どっちにしろ、お前を大事に想ってるってのは事実だろうけどな」と言いながらパンをかじる成宮さんを、ぼんやりと眺め……それから目を伏せて笑みをこぼす。

理由はわからなくても、辰巳さんは私を大事にしてくれている。それを誰よりも知っているのは私だ。

――だから。

「だからあの夜、ひどくしてほしいってお願いしたんです。私がしたことは、辰巳さんへの裏切りになるから」

そっと視線を上げると、成宮さんは驚きを顔に広げていた。急に私がこんな話題を出したからだろう。

『ひどくしてほしい』というお願いを叶えてもらえなかったことを今さら責めるつもりもないから、すぐに「それにしても」と話題を変えた。

「成宮さん、知れば知るほど家事できないですけど、よくひとり暮らししようなんて思いましたね」

掃除、洗濯、炊事……成宮さんは基本的に何もできない。やる気がないわけではないけれど、お風呂掃除をすれば盛大に泡まみれになってそのままリビングに戻ってくるし、食器洗いも同様。

数日前『今日の昼は俺が作るな』と言うからお願いしてみれば、皮のついたままのさつまいもや、とてもひと口では食べられないサイズのカボチャ、切ってすらいない鶏胸肉、その他もろもろを牛乳で煮込んだ……なんだかよくわからない物が出てきた。

具材が何ひとつスプーンに乗るサイズじゃないし、味もついていないしで、口にした途端、ふたりで無言になったのは記憶に新しい。

どうやらホワイトシチューに挑戦したみたいだったけれど……初めて作るっていうのにレシピすら見ない大ざっぱさは、〝男の料理〟って感じだった。食べられないことはないにしても、粗削りすぎるし、今度作りたいって言いだしたら調理中、終始隣に立っていようと心に決めた。

そう考えると、洗濯はほかのふたつと比べればだいぶマシかもしれない。Yシャツとかでも、ネットに入れるわけでもなく気にせず普通に洗ってしまうとか、乾燥機にかけちゃダメなタイプの服を乾燥させて縮ませるとかいう事件はあっても、基本的にはできている。

でも……それにしたって、ひとりで暮らせるレベルではない。だから苦笑いで言うと、成宮さんも同じような表情を浮かべた。

「まぁ……俺も、想像していた以上に何もできなくてびっくりはした。でも、考えてみれば実家にいた頃は、家事なんか何ひとつしてなかったんだから、できなくて当たり前だよなぁ。なんとなく、ひとり暮らしすればできる気がしてたんだけど」

「……実家で、何か不自由なことでもあったんですか?」

そんな家事も何もできない状態で、飛び出さなければならないような何かがあったんだろうか。

心配になって聞くと、成宮さんは「何も」と笑顔で首を横に振る。

「俺、母方の名字を名乗ってるけど、実際は父親と暮らしてたんだ。もともとの家だったから、母親が出ていった時、俺は残った感じで。だから大学も、就職して支社勤務だった時も、そう離れてなかったから実家から通ってた」

「そうなんですね……」

「で、本社に移る数ヵ月前に、家でも仕事でも親父と顔を合わせるのか、ってふと考えたら窮屈に思えただけ。少し距離置いたほうが、自分的に仕事がうまく回る気がしたからってだけで……なんか悪いな。たいした理由じゃなくて」

申し訳なさそうな笑みを浮かべる成宮さんに、緩く首を振ってから笑顔を返した。

「いえ。よかったです。複雑な理由を抱えているとかじゃなくて、安心しました」

いろいろ確執があったりするのかなって考えていたから、そんな理由からじゃなくてよかった。

だから目を細めると、成宮さんはなぜか私を見つめたまま黙ってしまって……。どうしたんだろうと思い眺めていると、そのうちにふっと表情を緩められた。

柔らかい微笑みに胸の奥がトクンと弾む。心臓とは別の、もっと奥の部分をキュッとつかまれたみたいに苦しくなり、そこから感情がポロポロと溢れだす。

温かくて穏やかで、身体を軽くさせるような色鮮やかな感情にただ戸惑っていると、成宮さんが言う。

「ありがとな。そんな風に考えてくれてるとは思わなかった」

まっすぐな笑みが目と心臓に毒で、視線を逃がしながら慌てて話題を探す。息を吸うごとにドキドキが増してしまうような感覚には、もう耐えられそうになかった。

「あ、でも……あれですね。せっかくのひとり暮らしなのに私がいたら、誰か連れ込んだりとかできないですよね」

急いで用意した話題があんまりだったのは、さっき夕食を作りながら見ていたバラエティーで、そんな話題が出ていたからだ。

男性アイドルがひとり暮らしを始めたなんて聞いた若手芸人が、『じゃあ女の子連れ込み放題じゃないっすか』なんて言っていたせいで、こんな……。

らしくない発言だったのは自分でも気づいていたから、『やっぱりなんでもないです』と引っ込めようとしていたのに、それより先に成宮さんが答える。

「もとから誰も連れ込むつもりはないから、問題ない。家とか教えんの好きじゃねーし、親父と慶介くらいにしかここも教えてないしな」

苦笑いで「自宅なんか、簡単に人に教えたくないだろ」と言われ、『まぁ気持ちはわかるな』と思うものの。

「でも、私は知っちゃいましたけど……」

場所どころか、間取りも調味料の位置も、この部屋では知らない物はないくらいに知ってしまっている。この場所を知っているのが、お父さんと慶介さんと私って……どう考えても並びがおかしいと思い眉を寄せると、成宮さんはカラッとした明るい笑顔で言う。

「ああ、お前は大丈夫だろ。危ないヤツでもないし、第一、真面目だしな」

「……それ、一体どこを見ての判断ですか？　出会ってそう日も経たないのに。……逆ナンして、成宮さんを持ち帰ったような女ですよ」

自分で言いだしておきながらも、最後恥ずかしくなって目を泳がせていると、成宮さんはそんな私を見ておかしそうに笑った。

「あんなビクビクしながら一生懸命、逆ナンしようとしてるヤツが、危ないわけないだろ」

もちろん、私は危ないヤツではないつもりだし、真面目でもあるから成宮さんに危害を加えるような行動は取らないけれど。

それにしたって、私をそう判断する審査が簡単すぎる。危険人物の可能性だってあるのに。

「そんなだとすぐ騙されますよ。私がもしも成宮さんの財産を狙ってる女泥棒とかだったらどうするんですか。ほら、よく言うでしょ。泥棒は一度、忍び込んで部屋の中を確認してから、再度盗みに入るって」

ふざけて言っているわけじゃないのに、成宮さんは「ああ、ルパンもそうだもんな」と楽しそうにするから、眉間のシワがますます深くなる。

そんな私を見て、成宮さんは「まぁ、でもお前は大丈夫だって」と再度言い切った。

「根拠はないけど、雰囲気とか勘でわかる」

「……勘」

「三十年間、それなりに人間見てきたうえでの勘だし、外れねーよ」

なんでそこまで自身の勘に、過度の信頼を寄せているのかわからないけれど。立場のある人なのに、そんな簡単に他人を信用してしまうところが心配になってしまう。

それと同時に、例えばあの金曜日。

逆ナンをしていたのが私じゃなかったとしても、普通に信用して関係を持って、こんな風に同居生活を始めてしまうんだろうなぁと考え……チクリと胸が痛む。

柔らかい水風船みたいな胸の奥。それが成宮さんの表情や言葉、ひとつひとつにぐにゃりとつかまれたみたいに締めつけられたり、針でつつかれたみたいに痛んだり。

今まではただ硬く真ん丸いだけだったそれが、やたらと形を変えるから騒がしくてたまらなかった。

「思わせぶりな態度は困ります」


成宮さんと一緒に暮らすようになってから、気づいたことがある。それは、ケンカの種類にもいろいろあるということ。

私の記憶の中の両親は、お互いの嫌な部分ばかりを怒鳴り合って否定ばかりしていたけれど。

同居生活を始めてから、たまに勃発する成宮さんと私のケンカは、少し違う。

『だから、大丈夫だって言ってるじゃないですか。相手はちょっと硬いだけのただの野菜ですよ』

『それがどれだけ危険かってこと、お前はちゃんとわかってないんだよ。ゴロッといったらどうなるか、わかってんのか?』

『いかないように気をつけてやりますから、大丈夫です。大体、そんな危険な物だったら、普通にスーパーにゴロゴロ売ってるわけないでしょ』

『ハロウィンの鑑賞用なんじゃねーの』

『……野菜にも賞味期限があるって知ってますか? ハロウィンまで何ヵ月あると

思ってるんですか』

以前、野菜や丸ごと胸肉の牛乳煮込みという、やたらシャバシャバした食事を作ってくれた時、成宮さんはカボチャの皮の厚さに驚いたらしい。こんな硬い物を包丁で切るなんて危ないと、私が切ろうとしているところを見るなり、カボチャを取り上げてしまった。

そのあとも言い合いは止まらず、カボチャの奪い合いになって……結局、タイミングよく訪ねてきた慶介さんに切らせることになったりして、あの時は大騒ぎだった。

『ちょ、え、硬くね？　このカボチャ、本当に一般的なやつ？』

『……カボチャはすべて一般的ですけど。あ、左手の位置気をつけてくださいね』

『そう。ゴロッといったら指持っていかれるからな』

横で見物しながら口だけ出す私と成宮さんに、『ええー？』と非難の声をあげながらも頑張る慶介さんは健気だと思った。

『これは、どうやって……そもそもどこでバランスを取れば……あ、あ、イケそう！　見て、イケそう！』

イケそうってより、普通にイケる。ただの野菜なんだから、刃物に敵うわけがない。

カボチャを巡っての小競り合いは、慶介さんが収めてくれたけれど、また別の日には、私がドライヤーをすぐにかけないことで言い合いになったり――。

『お前、また……っ。風呂出たらすぐ髪乾かせよ』

『まだ暑いんです。熱が抜けたら乾かします』

『そうやって放置してる間に、風邪ひくんだからな』

『ドライヤーって面倒なんですよ。お風呂出て、ぐったりした身体で取りかかるような作業じゃ……』

『お前、なんでほかのことはきちんとしてんのに、ドライヤーだけ異常に面倒臭がるんだよ……あー、もう、ほら。こっち来い』

逆に言うと、成宮さんはドライヤーのことだけはなぜかきちんとしているから、私がいい加減なのが見過ごせないらしい。

そんな言い合いを何度かしたあとから、私がお風呂を出ると成宮さんが呼び、ソファの上でドライヤーをかけてくれるのが日課になった。ちなみに、そのあとソファを粘着テープでコロコロと掃除するのは私の仕事だ。

男の人に髪に触られるのはちょっと……と最初こそ遠慮したんだけど。一度されてしまえばその心地よさに、もう完全に虜状態だ。大きな手で優しく髪を撫でられながら温風を当てられるのは、マッサージと張り合うくらいに気持ちがよくて、お風呂から出たあとはいつも夢心地だ。

成宮さんの手に撫でられていると、胸の奥の水風船がほこほこと温かくなる。それは、私全部に幸せな気分を巡らせるようだった。

私自身、気づかなかったことだけど、案外、気が強い部分があるみたいで、成宮さんとちょっとしたことで軽い口論になるのは、日常茶飯事だった。でも、それが嫌な着地点に落ちないのは……多分、ケンカの理由のせいなんだろう。

カボチャが危ないってことだったり、ドライヤーをすぐかけろだったり。成宮さんが言うのは、私を思ってのことだから。逆に、私が言うことも同じで……お互い相手を思っての言葉であって口論であるから、そしてそれをお互いにわかっているから、嫌な感じのまま終わらないいんだろう。

『スーツのまま横になると、シワになりますよ』

『浴槽のお湯、四十三度じゃ熱すぎます。身体に悪いから、今日から四十度にします』

『ソファなんかで寝たら風邪ひきますよ。もう眠いなら、ちゃんとベッドで寝てください』

私がする注意を、成宮さんはたまにうるさそうにするけれど『仕方ねーなぁ』って、最後は折れてくれる。

相手を思ってこそのケンカがある。わかり合いたいからこそのケンカがある。
それを、この生活で初めて知った。

——水曜日。

「魔物が来た」

私が会議室の片づけを終えて戻ると、矢田さんがため息交じりに言った。記録を見ると、私が席を外している間に一社の来訪があったらしい。

「営業に嫌な顔されちゃいました？」

椅子に座りながら聞くと、矢田さんは「うん。だって棚田（たなだ）さんだもんー」とげんなりした様子で話す。

「あの人、基本的に嫌味しか言わないじゃない？　だからあんな蛇（へび）みたいな顔つきになっちゃったと思うんだけど、鈴村さんどう思う？　そう思うよね？」

グイグイ来る矢田さんへの返答に困りながらも、「あそこまで毎回、ネチネチ言わなくてもいいとは思います」と苦笑いを浮かべる。

「でしょー!?」と力強く言った矢田さんが、上半身を背もたれにつけて天井を仰（あお）ぐ。

「『腰かけてりゃいいんだから楽だよなぁ。それでいくらもらってんの？』とか言われたんだよ。もー……なんかすごく社にいづらくなるような噂、広めてやりたい……」

営業部の棚田さんは、来訪があったから受付まで来てほしいって頼むたびに、そういう嫌味をひとつふたつ言っていくから、私も好きではない。

『笑顔引きつってんじゃん。ずっと思ってたんだけど、その見た目で受付嬢って、コネか何か？』

ニヤニヤしながらそんなことを言われた時には、少し驚いた。だって完全なセクハラ・パワハラ発言だし、棚田さんこそ、その態度で営業部っていう社の中心にいるなんて、コネなんじゃないかと正直思った。

更衣室で着替えていると、ほかの部署の女性社員も棚田さんのことをよく話題に挙げているから、きっと受付にだけじゃなく、ほかの部署でもあんな態度なんだろう。女を下に見ているのかもしれない。

棚田さんの名前は、文句や悪口以外で聞いたことがないから、もうそういう人なんだと割り切っている。

「美少女フィギュア集めが趣味……ロリコン……」と、棚田さんのニセ噂を考えている矢田さんに「営業部ってストレスたまるんでしょうね」と話しかけると、彼女は口を尖らせた。

「まぁねー……。わかるけどね。いろんな企業相手にペコペコしなきゃいけないし、ストレスだってたまるとは思う。でもだからって、立場の弱い女性社員に当たるのはおかしいと思うのよね」

頬杖をつき、気に入らなそうに目をつぶった矢田さんが続ける。

「あの人、結構見た目のこととか言ってくるし、そこが一番嫌なのよね。鈴村さんなんて言い返さないから、目の敵にされてるじゃない。『華がないよね』とか『平凡だよね』とか、平気で言ってくるところが頭にくるのよ。そんなこと言える顔かっての」

腹立たしそうにため息をついた矢田さんを、なだめたほうがいいだろうか……と考えていた時。

「今の話、事実か？」

急に男の人の声が、割り込んできた。

私は入口に背中を向けてしまっていたし、矢田さんは目をつぶっていたから気づかなかった。

『しまった……』と思い、ふたりして慌ててそちらを見ると……。

カウンターに肘を置いた成宮さんが、眉をひそめてこちらをじっと見ていて驚く。

社員用出入口から入ったんだろう。だから来訪時に鳴るチャイムが聞こえなかったのか……と納得していると、「お前、そんなこと言われて黙ってたのか？」と聞かれ、頷く。

　成宮さんが馴れ馴れしい態度を取るからか、隣から送られてくる矢田さんの視線が気になるけれど……。成宮さんは副社長なわけだし、その立場から社員のことを心配してこんな風に話しかけてきた……って考えれば、そこまで不自然ではないかもしれない。

　とりあえず無視するのもおかしいので、と口を開いた。

「あの人が人を悪く言うのは、いつものことなので」

「だからって、華がないだの平凡だのって……面と向かって言われたら、さすがに傷つくだろ」

　女性相手に、ひどいセリフを平気で口にする社員がいることが、悲しいのだろうか。わずかに怒っているような口調に、どうしたんだろうと疑問を抱きながら答える。

「初めて言われた時は、多少思うことはありましたけど……。誰が相手でもそういうことを言う人なんだってわかってからは、そんなには。それに、華がないのも平凡なのも、事実ですし」

　見た目がどうのって言われた時には、さすがに傷ついたりもしたけれど、自分の外見が派手じゃないのは知っている。

だからそう言われても仕方ないと思って聞き流せたのだけど……成宮さんは気に入らなそうに顔をしかめて私を見た。

「平凡ってわけでもねーだろ。それなりに可愛らしい顔立ちしてるし、普段、無表情な分、たまに笑うと……その、あれだ。こっちが嬉しくなる感じだし」

「……ありがとうございます」

途中からバツが悪そうに表情を崩し、後ろ頭をガシガシかいた成宮さんに、少し驚きながらお礼を言う。優しい人だから、一社員としてフォローしてくれてるんだなっていうのはわかっているのに、褒めてくれたのが嬉しくて、胸がトクトクと喜びの音を叩きだす。

そんな胸に、今の言葉に意味なんてないんだからと言い聞かせていると、「それより」と成宮さんが話題を変えた。

「今日の夕飯、何?」

人通りのない、しんとしたフロアに、成宮さんの声だけが聞こえていた。

矢田さんの前で、なんて話題を持ち出すんだ……と思うも、もう遅い。

チラッと視線を向けると、成宮さんの発言を聞いて驚きを顔いっぱいに浮かべている矢田さんがいて……ばっちり聞かれていたことがわかり、頭が真っ白になった。

当たり前のように、同居の件は社内では内緒にするものだと思い込んでいた。成宮さんだって立場があるし、まさかこんな風に話しかけてくるなんて思わなかったから、わざわざ『同居の件は内緒にしましょう』と相談しなかったのがいけなかった……。

反省一直線になっていた思考回路を、今はそれどころじゃないと、なんとか呼び戻す。今からでもどうにかごまかせないかと頭をフル回転させたけれど……状況を変えるひと言が浮かばなくて、気持ちはどんどん焦っていくばかりだった。

だって、成宮さんって私がごまかしたところで、そういった意図を汲み取ってはくれなそうだ。何も気づかず『だから、夕飯だよ。今日、何かって聞いてるんだろ』とか言ってきそうだ。

「……シチューにしようと思ってますけど。白いやつ」

あまりに長く黙っていても……と、ぼそぼそと答えると、成宮さんはぱぁっと顔を明るくし、「ああ、俺が失敗したやつな」と笑う。

その表情に、気が遠くなる思いがした。

「じゃあ、俺がパン買って帰るな。この間、お前がうまいって言ってた店の」

「……はい」

そろそろと目を逸らしながら小さな声で頷いていると、矢田さんが「あの……」と声を出す。振り向くと、顔の横の高さで挙手している矢田さんが、成宮さんと私を見ていた。

「あの……副社長。失礼ですが、今の会話から推測すると、ふたりが一緒に住んでいるように思えてしまうんですが……」

当然の推理だった。夕飯のメニューの相談なんて、一緒に暮らしていなければまずしない。

それでも矢田さんが半信半疑だったのは、成宮さんが副社長という立場だからだろう。誰だって、副社長と私が同居しているなんて思わない。

それにしても……なんて答えよう。

考えを巡らせていると、成宮さんが口を開く。

「住んでるけど」

ほとんど即答だった。バッと勢いよく成宮さんを見たけれど、キョトンとしていたから、はなから隠そうとは思っていなかったんだろう。

多分、性格からして隠し事とかしなそうだ。成宮さんにしてみれば、秘密にしておく意味もよくわからないんだと思う。『なんでバラしたんですか』って責め立てたとしても、『だって事実だろ?』って平気な顔して言うのが安易に想像できた。

……別にいいけれど。お世話になっているのは事実だし、周りの目がうるさくなったところで、そこまで気にもならない。

だけど、成宮さんの立場的にはマズいと思うから……やっぱり、成宮さんに釘を刺しておくべきだったなぁとぼんやり後悔する。

受付近辺にいるらしい魔物は、時間操作はしてくれないんだろうか。できることなら、時間を昨日まで戻してほしい。

「……え?」

長い長い沈黙のあと、呆然とした様子でそれだけ呟いた矢田さんの声を聞きながら、そんなことを願った。

そんな矢田さんの態度を見て、さすがに思うことがあったのか、成宮さんは私を呼ぶと受付から少し離れた場所で「バラしちゃマズかったか?」と耳打ちしてきた。

顔を見ると、深刻そうな目をして私を見ているから、ふっと笑いながら首を振った。

「いえ。気にしないでください」

「でも、女同士って面倒なんだろ?　陰での嫌がらせとかが結構えげつないって慶介が言ってた」

「大丈夫です。……それに、親にはもう辞めろって言われてるし、いつまでこの会社にいられるかもわかりませんから」

「は?」と言ったまま固まってしまった成宮さんに「花嫁修業しなさいって、うるさくて」と笑顔を作ったけれど。

成宮さんはそんな私をじっと見て……ただ黙っていた。

受付の仕事には、基本的には残業がない。

だから、大体決まった時間に帰宅できるのはとても助かる。今日も、十八時前に会社を出て、十八時十五分には成宮さんのマンションに着くことができた。

そこから、軽く掃除機をかけ、夕飯の準備に移る。

鶏肉と野菜を切って、バターで炒めたあとじっくりと煮込む。その間に、浴室乾燥にしていた洗濯物をカゴに取り込み、お風呂掃除を済ませた時、玄関が開く音がした。

時計を見ると、まだ十九時半。

いつもよりも早い帰宅だな……と思いながら「おかえりなさい」と声をかけると、リビングに入ってきた慶介さんが「ただーいまっ」と明るい笑顔を覗かせた。

初めてここを訪ねてきて以来、慶介さんはわりと頻繁に顔を出すから、こういう突然の訪問ももう驚いたりはしない。

「こんばんは」と挨拶してから、シチューの煮込み具合を見るために、にんじんに竹串を刺していると、隣から慶介さんが覗き込んでくる。

「何作ってんの？」

「シチューです。白いほうの」

「へー。……もしかしてシチュー系しか作れないの？」

悪気のない顔で聞いてくる慶介さんに、苦笑いを浮かべながら答える。

「慶介さんが訪ねてくる日がたまたまシチュー系の日なだけです。……それに、成宮さんが食べたがってたから、それで」

食べたくて作ったのに、あんなシャバシャバした牛乳煮込みになっちゃってかわいそうだから、と心の中で呟く。

すると、慶介さんは「そっか」となぜだか嬉しそうな笑みで言った。

洗濯物を畳むためにソファに移動すると、慶介さんもついてきて、私にならい、洗濯物を畳んでくれる。

まとめて洗ったから、カゴいっぱいになってしまったバスタオルや衣服を畳み、積み上げていく。

正直、慶介さんの家事スキルは、成宮さんよりも高い。結構器用だ。

「初めて鈴村さんに会った日さ、俺、合コンのゲーム教えようとしたでしょ。あれ、あとからアッキーにすげー怒られちゃったよ。『お前と遊んでるようなタイプの女じゃないからやめろ』って」

ははーっと力ない笑みで言う慶介さんに、「成宮さん、怒るんですね……」と驚いて聞く。あまり、怒りとかそういう感情を表に出さなそうなのに……と考え、今日の会社でのことを思い出す。

『お前、そんなこと言われて黙ってたのか？』

『だからって、華がないだの平凡だのって……面と向かって言われたら、さすがに傷つくだろ』

そういえば、あの時も少し怒っているように見えて、不思議に思ったっけ……と考えていると、慶介さんが「そりゃ、アッキーだって怒るよ」と呆れたみたいに笑う。

「まぁ、確かにアッキーは自分がされたこととかには怒らないかもね。アッキーって度量が大きいから、たいがいのことは許せちゃうんだよ。でも、自分にとって大事な人間が何かされたりすると、怒るかな」

大判のバスタオルをキレイに畳みながら、慶介さんが聞く。

「鈴村さんはさ、下心とかなくアッキーと一緒にいるんだよね？」

突然の問いに、一拍遅れてから答える。

「ただお世話になってるだけですが……下心はありません」

〝一緒にいる〟なんて言い方は、双方が望んで想い合ってそうしているようで語弊があるけれど、下心はない。

だからそう答えると、慶介さんはニカッと歯を見せる。

「ならよかった。アッキーはさ、あんな肩書きがあるじゃん。だから、下心持って近づいてくる女とかも結構いるんだよ。でもアッキーは真面目だからさ、そういうの適当にあしらえないっていうか」

慶介さんがタオルを畳みながら話してくれることを、なんとなく理解することができた。

相手が軽い気持ちだろうが、そんなの関係なく成宮さんは真面目に対応する人だ。使い分けなんかできない、ある意味不器用な人だから。

成宮さんがパジャマ代わりに着ているTシャツを畳みながら、「わかります」と相槌を打つと、慶介さんが続ける。

「少し前だけど、取引先の社長令嬢が近づいてきてさ。あまりに好き好き言ってくるから、アッキーも真面目に返事をしようとしてたみたいなんだけど。でも、その子がほかの男と飲んでる場に、たまたま居合わせちゃったんだよね。その子『本気にしてウケる』ってアッキーのこと言ってて、頭にきた」

思わず「成宮さんも聞いてたんですか……?」と聞くと、慶介さんがため息をひとつついたあとで頷く。

「聞いてたよ。なのに、その席に怒鳴り込もうとした俺を止めた。別にいいからって」

「……納得いきません」と眉をググッと寄せると、慶介さんが「でしょ?」と片眉を上げた。

「俺もどうにもイライラしてダメだったから、あとでその子を問いつめたんだよ。そしたら、アッキーに近づいたのは、自分に惚れさせとけば仕事上、有利に事が進むと思ったからなんだって。でも、アッキーは公私混同しないタイプだから、その子の思い通りにはならなくて、それにイラついてアッキーの悪口言ってたみたい」

「……呆れますね」

「お。鈴村さん、話がわかるね。案外、気強い?」

聞かれて戸惑う。だって、今までそんな風に言われたことなんてなかったし、自分自身、思ってもみなかったことだ。いつだって、両親の前ではただ従うだけだったし、辰巳さんにも口ごたえなんてしようと思わなかったから。

でも……成宮さんとここで生活するようになってからの期間限定で言えば、確かに気が強いのかもしれない。気が強くなければ、浴槽に張るお湯の温度でケンカなんかしない。

知らないうちに起こっていた自分の変化に戸惑いながらも、「そうかもしれないですね」と小さな声で答えると、慶介さんは「やっぱりねー」と笑い、続けた。

「アッキーは別にいいって言ってたけど、俺としてはそのままお咎めなしなんて許せなくてさ。だから、『この間のことならアッキーも聞いてたよー、すげー怒ってたし、あんたの親の会社潰されちゃうかもねー』って言っといた」

それはなかなか怖い脅し文句だな、と思い苦笑いを受かべていると「ま、アッキーはそんなことしないけどね」と慶介さんが最後の一枚となったタオルを畳む。

「アッキーの肩書きしか見てなかったその子は、アッキーが本当にそうするかもしれないって、ビクビクしながら過ごしてるんだろうね。ま、いい気味だけど」

タオルのタワーの上に、ポンと最後の一枚を載せた慶介さんが、「これ、どこに置くの？」と聞く。

洗面所に運んでくれるようにお願いして、私もバスタオルを持ってその後ろを歩く。

ふたりで洗面所に行き、決まった位置にタオルを置き終わったところで、慶介さんが私をじっと見ていることに気づいた。

「……なんですか？」

首を傾げると、ふわっとした柔らかい表情で言われる。

「アッキーはさ、本当にいいヤツなんだよ。だから、大事にしてあげてね」

「……私は、ただお世話になっているだけですから」

目を伏せて告げると、慶介さんが洗面所から出ていきながら顔半分だけ振り向く。

「でも、世話してるだけとしか思ってなかったら、アッキーは鈴村さんのために怒ったりしないんじゃない？　もう、アッキーの中で鈴村さんは〝大事なヤツ〟っていうカテゴリーに、入っちゃってると思うんだけどなー」

両手を頭の後ろで組んだ慶介さんは、そのままリビングに戻っていく。

その後ろ姿を眺めてから……キュッと唇を引き結んだ。

『大事にしてあげてね』

再三、慶介さんに言われた言葉が、耳の奥で何度も響く。

許されるなら、大事にしてあげたいと思う。でも私は……真面目な成宮さんに、抱いてほしいなんてお願いしたような女だ。成宮さんの善意を利用して……今だって、利用し続けているような浅ましい女でしかない。

そんな私が、成宮さんを大事になんてしてあげられるわけがないし、そんな権利なんてない。

始まり方さえ違っていたら……と考えてしまう頭をふるふると振る。考えたって仕方ない。始まり方も……足に絡まったままの鎖も。結局はどうにもならない運命はもうすぐ後ろまで迫っていて、その存在に目をつぶった。

『お前にとっての魔物は、あの部屋と家族と……あと、あいつなんだろ？』

いつか成宮さんが言った言葉が、頭の奥で聞こえていた。

「好きだなんて、言わないで」

「ねぇ、あの子でしょ？　副社長と同棲してるっていう……」

更衣室で制服から私服に着替えていると、そんな声が聞こえてくる。

矢田さんは言い触らしたりする人じゃないから、あの時の成宮さんとの会話をほかの誰かも聞いていたってことなんだろう。

ちなみに、成宮さんが私との同居を矢田さんの前で認めた日は大変だった。成宮さんが戻ったあと、目をキラキラさせた矢田さんに質問攻めされたせいで、あの日の疲れはいつもの倍以上だったかもしれない。

とりあえず、諸事情からアパートの部屋にいられなくなって困っていたところを、成宮さんに助けてもらっている、と説明しておいたけれど、そのうちもっと突っ込んで聞かれるのは確実だった。あの性格だ。逃がしてはくれない。

「普通だよね？　なんか意外……」

「地味な子が好みとか？」

「だとしたら、私にも一気に望みが出てくるんだけど」

ヒソヒソ話が聞こえてくる中、着替えを終え、バッグを取り出したあと、パタンとロッカーを閉める。それから、こちらにチラチラと視線を向けている他部署の女性社員たちに「お疲れ様でした」と声をかけ、更衣室をあとにした。

会社を出て、最寄りのスーパーに寄る。そして、夕飯の材料をカゴに入れながら、そういえば、ああいうヒソヒソ話をされるのは懐かしいなぁと思い出す。

学生の頃、たまに辰巳さんが学校まで迎えに来てくれることがあった。それを目撃したほかの生徒は、辰巳さんと私を見比べて、今日の女性社員たちと同じようなことを口にしていたっけ。

また、辰巳さんが高級車で来たりするから、余計だったかもしれない。

整った、モデルみたいな顔立ちに高い身長。同世代は決して着ないような、きちんとしたオシャレなスーツ。それは、ほかの生徒の視線を集めるには、充分すぎるほどだった。

『彩月。おかえり』

辰巳さんの笑顔が、声が、頭の中に浮かぶと同時に、足に繋がれた鎖がジャリ……と音をたてた気がした。

成宮さんの部屋で暮らすようになって、半月以上が経つ。

『思いっ切りイケナイことをしてみたい』という思いから始まったこの生活の中で、最初はこの先の自由を諦めるつもりだったのに……。

諦めるどころか、心はワガママに叫ぶばかりだ。


「だから、あれは本当に嘘なの。嘘っていうか、相手がそんな感じだったから合わせなくちゃで……ほら、成宮さんだってわかるでしょう？　そういう面倒臭い付き合いがあること」


マンションの前に着いた時だった。女性の声が聞こえてきて、しかもその声の中に〝成宮〟という名前が入っていた気がして顔を上げる。

すっかり暗くなった、四月の空の下、マンションからは上品なオレンジ色の明かりが漏れている。

そのエントランス前に、若い女性と成宮さんの姿があった。

女性は、成宮さんのスーツの肘の辺りをつかんでいた。明るい茶色をした髪は胸元くらいまで長さがあり、ふわふわしたウェーブがかかっている。

「あの時、一緒に飲んでたのも、仕事上の付き合いがある人なの。強引に誘われて仕方なく……。もう、本当、面倒臭くて嫌になっちゃう。成宮さんも、そうでしょう？ 気持ち、よくわかる」

膝上の短いショートパンツ姿の女性が、成宮さんを見上げる。

私の位置からでも、熱のこもった眼差しだとわかった。

「あの時、私が〝本気じゃない〟なんて言ったから怒ったんでしょう？」

今までの話を聞いて、ああ、そうかと気づく。

彼女は、いつだったか慶介さんが言っていた女性だ。

『少し前だけど、取引先の社長令嬢が近づいてきてさ。あまりに好き好き言ってくるから、アッキーも真面目に返事をしようとしてたみたいなんだけど』

『アッキーは公私混同しないタイプだから、その子の思い通りにはならなくて、それにイラついてアッキーの悪口言ってたみたい』

成宮さんを傷つけた人だ――。

見つめている先で、女性が口を開く。

「成宮さんが聞いたことは、私の本心じゃないし、誤解なの。どうしても、成宮さんにそれを伝えたかったの」

女性の目元に、じっとりと重たい色気が漂う。

ピンク色のリップが塗られた唇は弧を描き、成宮さんを誘っているようで……胸の奥がざわっと騒ぎだす。

成宮さんは何も言わず、興味なさそうに女性を眺め……しばらくそうしたあと、女性に「まだ怒ってる?」と問われ、ようやく返事を口にした。

「いや、別に。ただ、平気で嘘ついて裏で笑える女なんだと思っただけだ。怒るほどの興味もない」

成宮さんの言葉に、女性は少し呆然としたあと、笑顔を取り繕う。

「そんなに怒らないで。ね?」となんとか自分のペースに引き込もうとしているみたいだったけれど、成宮さんはそれに乗る気はないようだった。揺るがない、純粋な瞳が女性に向けられる。

「男は単純だから、あんたみたいな女に誘われたら乗るヤツも多いだろ。ただ、みんながみんな、いいヤツじゃないから気をつけろ。女なんだし、何かあったら大変だろ」

そのセリフに女性は言葉を詰まらせ、苦い顔をして視線を落とした。

うろたえて見える横顔に、恥ずかしさのような感情が表れる。きっと、自分がひどいことをした自覚はあったんだろう。なのに、成宮さんに優しい言葉をかけられて、バツの悪さを感じているみたいだった。

成宮さんは心が広いから、女性にバカにされているのを聞いても、なんとも思わなかったのかもしれない。なんでもないことみたいに、流せるのかもしれない。でも、少しも傷つかなかったなんてことはないと思う。

それなのに、自分のことを嘲笑っていた女性相手でも、きちんと対応している。とても真面目で純粋で……そして、どこまでも優しい人だ。

様子を眺めていると、うつむいていた女性がバッと顔を上げる。

そして「あの、もし私が本気で好きになったって言ったら……」と言いかけたところで、成宮さんが不意にこちらに視線を向けた。思わずビクッと肩を揺らすと、成宮さんは笑顔を浮かべ、「おー。お疲れ。荷物持つ」とこちらに近づいてくる。

「……ありがとうございます」

「あれ……なんだよ。荷物重たくなりそうな時は、電話してこいって言ってんのに」

「じゃがいもが安かったので。でも、これくらいなら余裕ですから」

私からスーパーの袋を奪った成宮さんが、袋の中を見ながら「へー、じゃがいもで何作んの？」と聞く。

「ジャーマンポテトかポテトサラダですかね」

「へー、うまそう」

明るい笑みで言う成宮さんに、私も思わず同じ顔をしてからハッとする。こんな呑気な会話をしている場合じゃないことに気づいて。

だって女性はまだそこにいるし、しかも、さっきまでとは違って睨むようにこちらを見ている。だから、成宮さんのスーツの裾をくいくい引っ張ってそれを伝えると、女性が気に入らなそうに笑みを吐き出した。

バカにしたような笑みは、成宮さんではなく私に向けられている気がするのだけど……気のせいだろうか。

「成宮さん。いくらなんでも、こんな子と付き合ったりしてないですよね？　周りに同情されますよ」

鼻で笑われ、ああ、やっぱり気のせいじゃなかったんだなと思う。

しっかり私を見て、薄笑いを浮かべていたらしかった。

「家事させてるだけとか、都合よく使ってるっていうなら納得もできますけどね。でも、それならそれでもう少し線引きしないと、こちらの方も勘違いして、あとでツライ思いしちゃうんじゃないですか？　使用人なら使用人として扱わないと」

クスリ、と嫌な笑みを落とされ、わずかにムッとしていた時。

「……は？」と、地を這うような低い声が聞こえ、耳を疑う。隣を見上げると、成宮さんのものとは思えないような怖い顔つきがそこにあって、息を呑んだ。

「もう一度言ってみろ。こいつのこと、なんて言った？」

いつだって明るい表情を浮かべている人だから、こんな顔を見るのは初めてだった。

「こいつのこと、見下してるなら——」

嫌悪感やイラ立ちを隠さない態度に、思わず言葉を失ってから、そっとその腕に触れた。

「成宮さん、自分で言い返せますから」

そして、私を見た成宮さんにひとつ微笑みを向けてから、女性に視線を移して話しかける。

女性は、成宮さんの声や顔に怯えている様子だった。

「確かに私は普通ですし、地味なので使用人に見えてしまったのかもしれませんが。その前に、もしも私がどこぞの社長令嬢だった場合、あなたの発言が原因でお父様の会社がどうにかなる、とか考えないんでしょうか」

言葉が、口をついて出てしまった。

私を見た女性は、ようやくその可能性に気づいたように、ギクッとした顔つきになる。さっき、仕事上の付き合いがあって面倒臭いとか言っていたのに……悔しさのあまり、そういうところには頭が回らなかったのだろうか。

「私は性格が悪いので、あんな風にバカにされたことに怒り心頭に発して、あなたのお父様の会社を調べ上げて冷酷なまでに潰しますけど、いいですか？　思いっ切り公私混同しますけど」

聞くと、女性は「え……」と言葉を詰まらせる。きっと、今、頭の中ではいろんな会社の名前がグルグルと回っているんだろう。

もちろん、私の父親の会社にそんな力はないけれど……この人は少し懲りたほうがいいと思い、続ける。

だって……許せない。

「もう少し、ご自身の言動に責任を持ったほうがいいですよ。成宮さんみたいに許してくれる人ばかりじゃありませんし、正直、私はあなたが成宮さんにしたことに、結構腹が立ってます」

私を見下した発言ならまだ聞き流せる。

でも、成宮さんをバカにするのは許せない。成宮さんは自分のためには怒らない人だから、余計に。

私のことを、一体どこの会社の社長令嬢なんだかわからずにただ青くなっている女性に、なんとか微笑んでみせる。

「成宮さんは、平気な顔してますけど。多分、一時は傷ついたはずです。こんな優しい人を、軽はずみな行為で傷つけないでください」

最後に「お願いします」と頭を下げる。

すると女性はしばらく黙っていたけれど、そのうちに「どうせもう会わないし」と吐き捨てるように言い、足早にマンションを離れていった。


マンションに入り、部屋に着いた頃には、成宮さんの怒りはもう収まっていた。

一瞬、殴りかかるんじゃないかってくらい凶暴な顔つきをしていたから、どうしようかと思ったけれど、通常モードに戻ってくれてよかった。

「お前、案外言うんだな。びっくりした」

いまだに少し驚いているような顔で言われ、苦笑いを返した。

「部外者なのに、割り込んでしまってすみませんでした。咄嗟だったんですが……少し考えなしでした。もし、会社同士の関係が悪くなったりするようなら――」

「それは問題ないから心配するな」

穏やかな笑みで言われ、ホッと胸を撫で下ろす。

キッチンで、買い物袋の中からじゃがいもやら厚切りベーコンやらを出し、ふたりで整理していると、しばらくしてから成宮さんが静かに聞く。

「お前、俺があの子と何があったか知ってたのか？」

粗挽き胡椒（こしょう）の瓶（びん）を渡されながら言われ、頷く。

「少しだけですけど。慶介さんから聞きました」

「ふーん。……これ、どこ？」

「とろけるチーズは冷蔵庫の下部分にある、フタがあるところ……って、成宮さんの冷蔵庫なんですから、成宮さんの使いやすい場所でいいですよ」

「でも、お前のほうが冷蔵庫使う機会多いし、お前が楽なほうがいいだろ」

成宮さんは、私が指定した場所にとろけるチーズを入れてから、冷蔵庫をパタンと閉める。

「今日はトマトパスタにするので、ジャーマンポテトは後日でもいいですか？」

「ああ。すげーな、パスタとか作れんのか」

「……すごくはないかと」

よほど凝らない限り、パスタは難しくはないと思う。驚いた顔をする成宮さんに「簡易的なソースなので、お店みたいなのは期待しないでくださいね」と忠告してから、トマトソース作りに入る。

オリーブオイルでにんにくと鷹の爪を炒めたあと、ベーコンと玉ねぎ、シーフードミックスを投入する。しっかりと炒めてからカットトマトの缶詰を開け、コンソメやトマトケチャップで味を調整し、少し煮込む。

とても簡単だけど、成宮さんは「うまい」と言いながら一・五人分を平らげてくれて嬉しかった。何を作っても、パクパク食べてお皿をキレイにしてくれるのは、とても嬉しいことなんだと、それもここでの生活で初めて知ったことだった。

食器を洗い、お風呂をためている間に、洗濯物を畳む。先日、慶介さんとしたように、成宮さんと一緒にソファで洗濯物を畳みながら……話を切り出した。

「成宮さん、自分のことでは怒らないのに、人のこととなると、案外、沸点低いんですね」

浴槽にお湯を張る、わずかな水音が聞こえる中、少し笑うと、成宮さんは納得いかなそうな顔をする。

「そんなことないだろ。短気とか誰にも言われたことねーし」

「でもさっき、今にも殴りかかりそうな顔してたので。……成宮さんのあんな怖い顔、初めて見ました」

畳んだタオルを積み上げながら言うと、成宮さんが「それは、お前だからだろ」と当たり前みたいに言うから、「え?」と思わず声が漏れた。

「お前のこと悪く言われたら、さすがに黙っていられない。決まってんだろ」

『当然だろ』とでも言いたそうな口調に、一瞬言葉をなくしてしまってから、ハッとする。まるで特別だと言われているような気がしてしまったけれど、そういうわけじゃないだろう。一緒に暮らしたりしているから、情でも移っただけだ。

だから、勘違いしちゃダメだ。喜んでちゃダメだ。

「もう、ずいぶんこうして一緒に過ごしてますもんね。私、昔学校のうさぎを一週間だけ預かったことがあったんですけど、お世話したのなんてたった一週間なのに、離れる時すごく寂しくて……」

ややパニックになりながらペラペラと口を回していると、成宮さんが私の考えを見透かしたみたいに「言っとくけど、情とかそんなんじゃねーから」なんて言われて、言葉を返せなくなってしまう。

混乱しているのに、今度は声も出ない。

だって……情じゃないなら、何?

じっと向けられる眼差しが思わせぶりで、見つめられているだけで胸が膨らんで、苦しくてどうにかなりそうだった。ドキドキするごとに期待が弾きだされ、身体が震えそうで……どうしたらいいのかわからない。

こんな気持ち……知らない。こんな苦しさ、今まで感じたことなんてない――。

「お前には、解決しなきゃならない問題もあるから。俺の気持ちに応える準備ができたら、教えてほしい」

タオルを畳もうとして止まっていた手に、成宮さんの手が重なる。そのまま握られ、緊張が限界に達した時、成宮さんが告げる。

「俺の気持ちだけ、先に言っておく」

落ち着いた、真摯な声が静かな部屋に響く。

「好きだ」

重なった手の温かさが私の手に移るように、成宮さんの言葉がじわじわと心に染み込んで、気持ちの真ん中にぽとりと落ちる。

今すぐにでも、成宮さんに抱きつきたくなるような言葉を受け……瞳の奥に涙が浮かんでくるのがわかった。心臓が締めつけられすぎて呼吸が苦しくて……ずっと気づかないフリをしてきた気持ちの名前を知る。

私も……私も、成宮さんが好きだ。初めて出会った時から、直感で惹かれていた。

知れば知るほどその気持ちは大きくなり、今ではこの、どこまでも優しい人が愛しくてたまらない。

——これが恋なんだ。

初めて知った感情を抱え、成宮さんを、ただ見つめ返すことしかできなかった。

「成宮さんが初めてです」

初めての恋を自覚して、しかもその相手から好きだと告げられ、浮かれない人はいないと思う。

成宮さんの気持ちに応えたわけではないけれど、私にとっては好きだと言われただけでとても嬉しくて、気づけば口の端が持ち上がろうとするから、抑えるのが大変だ。豊かになろうとする表情を抑え込むなんて、初めてのことかもしれない。いつもは逆ばかりだから。

両頬にそれぞれ手で触れ、軽くグリグリとしながら唇をキュッと結ぶ。私の人生でこんなことが起きるなんて思っていなかったし、こんなにも自分の心が浮かれられるものだとも知らなかったから、驚くばかりだった。

「あらら－？　なんだかご機嫌？」

十七時前の受付。

隣の席から顔を覗き込まれ、ビクッと肩を揺らす。突然、視界にぬっと入り込んできた矢田さんに驚きながらも、「いえ。そうでもないです」と平静を装って返す。

今日の来訪予定は全部済んだ。あとは、それぞれまだ使用中の会議室や応接室の片づけをしたり、飛び込み営業の相手をするくらいだ。もう定時も近い。

「まぁでも、副社長と同棲なんかしてたら、ご機嫌にもなるわよね。私だったら毎日ニヤけてお客様から〝気持ち悪い〟ってクレーム入る自信がある」

パソコンで第一会議室の予約者を確認していた矢田さんが、「うわー、棚田さんだし」と顔を歪める。

「あの人、会議終わってても、ダラダラといつまでも会議室にいるのよねぇ。だから顔合わせたくなくて、片づけ指示が入ってもしばらく行かなかったら、『たいした仕事もないくせに遅ぇんだよ』って舌打ちされたしね。私が！」

「あの人、仕事ないんですかね」

そんなに会議室でダラダラしている暇があるなんて、棚田さんのほうがたいした仕事、任されてないんじゃないだろうか。

「ないんだよ、きっと。だって、見るからに仕事できなそうだしね。片づけは次、鈴村さんか。かわいそうに……ドンマイ！」

肩をポンと叩かれ、ため息をひとつつく。あの人に言われることをあまり気にしないようにはしていても、やっぱりいい気持ちではない。

「矢田さん、さっきの話ですけど、同棲じゃなくて同居です。私はただ、副社長の善意に甘えて、一緒に住まわせていただいてるだけですから」

そこだけはきちんと否定しておかないと。変な噂が立ってしまったら、成宮さんの迷惑になってしまう。……まぁ、若干今さら感はあるけれど。

そう思い言うと、矢田さんは「前も言ってたけど、本当にそうなの？」と目を見開く。でも、すぐに呆れ笑いのようなものを浮かべた。

「前は、あまり問いつめてもかわいそうだなぁと思ってやめただけで、実際は同棲なんだって私は思ってたけど。だって仲良く夕飯の相談しておきながら『同棲じゃなくて同居なんです』なんて、誰も信じないわよ」

「住まわせていただいている代わりに、私が食事当番をしているだけの話です」

「それだけなの？　本当に？」

まだ疑っている様子の矢田さんは、「でもさぁ」と納得いってなさそうな声を出す。

「たとえ副社長がめちゃくちゃ人がいいとしても、なんとも思っていない異性と一緒に暮らす？　しかも立場がある人なのに」

「それは……」

『なんとも思っていない異性』という言葉に、なんとなく引っかかってしまい、変な間ができてしまう。

成宮さんに告白されたことを、いちいち言うつもりはない。それでも、『優しい人だから、なんとも思っていない私の面倒を見てくれている』と嘘をつくのは、成宮さんの真剣な告白を否定しているようで、返事に困る。

その時――。

「……あ。内線。私出ますね」

タイミングよく、内線が入った。

むーっと不満げに口を突き出していた矢田さんだったけど、私が受けた内線が棚田さんからだとわかった途端、すぐに顔いっぱいに同情を浮かべた。『ドンマイ！』と口パクで告げられる。

用件は、第一会議室の片づけだ。

パソコンで予約表を確認すると、用途は他会社との打ち合わせだった。

『NR&T(エヌアールアンドティー)』は、この会社の傘下(さんか)で、ここにもよく出入りしている会社だ。

棚田さんにぐちぐち言われる口実を作りたくはないし、会議が終わったってことならすぐに行っても問題ないだろうと思い、矢田さんに告げてから第一会議室に向かう。

『まだいたら嫌だなぁ』と思いながら、開けたドア。

「失礼いたします」

室内では予想通りというか、棚田さんがひとりでスマホをいじっていて、内心げんなりしてしまう。

傾いた夕日がブラインド越しに差し込み、部屋はオレンジ色に染まっている。会議が終わったからか、電気はもうついていなくて薄暗い。

私に気づいた棚田さんに不愉快そうに「ちっ」と舌打ちされ、『あれ？』っと思う。棚田さんは私たち受付をバカにして見下しているから、嫌味を言うにしても基本的にニヤニヤしているのに、こんな顔は珍しい。

見るからに機嫌が悪そうだった。

だったら下手に刺激することもない。さっさと片づけを済ませてしまおうと、手始めにテーブルの上にあるプラスチックの容器を回収していく。

二層でできている容器のカップ部分をゴミ袋に、持ち手部分のプラスチックは洗って再利用するからトレイの上に、と分別していた時。

「鈴村さんさぁ、なんかいらないこと言っただろ」

そんな声をかけられると同時に、後ろに立たれて驚く。

振り返ると、一メートルも離れていない距離に棚田さんが立っていた。

睨むような眼差しに眉を寄せる。

「いらないこと?」

「そう。俺、副社長から直々に注意受けたんだけど。女性社員に対しての言動があまり好ましくないとかで。それ告げ口したのって、鈴村さんだろ」

告げ口……というのかはわからないけれど、成宮さんに言ったのは事実だ。

だから何も言えずにいると、それを肯定と取った棚田さんは、眉間にシワを作り、私を見下ろす。

棚田さんは高身長なわけじゃないけれど、十センチ上からでも睨まれると怖さを感じた。薄暗い密室ということも手伝ってか、心臓がドクドクと嫌な音をたて始める。

棚田さんのもともと細い目はより細められ、気に入らなそうに私を見下ろす。

「俺は当たり前のことしか言ってないんだよ。それをさぁ、まるで被害者みたいな感じで上に言われても、迷惑なんだけど。つーか、卑怯だと思わないの? そうやって自分が女だってことを利用して上に泣きつくとか。痴漢の冤罪とかあるけどさぁ、俺、まさにあんな気分だわ。何も悪いことしてないのに、自意識過剰の女が急にわめきだした、みたいな」

一歩、また一歩と近づいてくる棚田さんに、私も距離を保つように後ずさる。じりじりと逃げ場を奪われていく焦りが、呼吸を震わせていた。

「そんな言い方はどうかと思います。冤罪もあるのはわかりますが、実際に痴漢する人がいるのも事実です」

棚田さんが目を見開く。この状況で言い返されるとは、思っていなかったんだろう。

「棚田さんが今まで言った言葉の中に、事実もあったのかもしれませんけど、わざわざ言わなくてもいい事実があったのも確かです。仕事に関係ない部分で他人を傷つけて貶めるのは、間違ってると思います」

大人しく黙っていたほうがよかったのかもしれない。『覚えがありません』って突き通せば、それでもよかったのかも。

だけど、焦った時に口が回ってしまう癖は、どうにもならなかった。

棚田さんへの不満が、たまっていたせいもあるんだろう。家族や辰巳さん相手なら我慢しなきゃと抑えられるのに、最近は成宮さんとの生活に慣れてしまっているからか、制御が利かなかった。

「見た目についての発言は、今の社内規則では充分セクハラに――」

言い切らないうちに、ガシャンッ！と大きな物音がして肩がすくんだ。

パイプ椅子を蹴り上げた棚田さんが、ギロリとした目つきで私を見る。

怒らせたということは疑う余地もなかった。

「セクハラとか、どの口が言ってんだよ。見た目がなんだって？　地味だから地味だって言っただけだろうが！　副社長に告げ口とかふざけんなよっ！　俺の出世が遅れたら、お前どう責任取るんだよっ」

さっきまでペラペラと出てきていた言葉が、ピタリと止まる。険しい顔で怒鳴られたら、もうダメだった。昔、父親が怒鳴り散らしていた頃のことが一気にフラッシュバックし、怖くて仕方なくなる。

「黙ってないで、何か言えよ！　聞いてんだろっ」

棚田さんが、またパイプ椅子を蹴り上げる。

その大きな音に頭の中がただ恐怖一色に染まっていた時、「うわー、すげぇもんが撮れちゃった」と場にそぐわない声が聞こえた。

ふたりきりだったはずの会議室。

ゆっくりと視線だけ移すと、ドアを開けた慶介さんの姿があった。手にはスマホがかまえてある。呑気な笑顔を見せる慶介さんは、こちらに近づいてきながらスマホを下ろした。

「いやー、ただ忘れ物を取りに来ただけだったんだけど。まさか、棚田さんが鈴村さんを脅迫してるシーンが撮れるなんて思わなかったなぁ。これ、この会社の社長に見せたら、どんな処分が下るのか興味深いよね。棚田さんもそう思いません？」

ニコニコしながら言う慶介さんに、棚田さんは慌てた様子で口を開く。

「竹下副社長……っ、いや、あの、これには事情がありまして……」

「事情って？」

「その……鈴村が仕事のミスを自分に押しつけてきたものですから、それを注意しただけで……」

〝竹下副社長〟と呼ばれた慶介さんは「へぇ」と穏やかな声で相槌を打ったあと、首を傾げる。

「俺、鈴村さんと知り合いなんだけど……どう考えてもそんな子じゃないんですよね。まぁでも、棚田さんが本当にそうだって言い張るなら、事実関係を確認するように社長に頼みましょうか」

棚田さんは、まさか社長にまで話がいくとは思わなかったのか、「あ、いや……あの」としどろもどろになる。

そんな棚田さんに、慶介さんはにこやかに続ける。

「遠慮することはないですよ。本当にそんな事実があったのなら、見過ごすわけにはいかないですし。報告したほうが社の今後のためにもなるでしょう。ってことで、俺のほうからこの動画を添えて社長に報告――」

一貫して穏やかな対応を見せる慶介さんに、棚田さんが「待ってくださいっ」と青い顔をして言ったのは、そのすぐあとだった。

「とりあえず、この話は副社長に通しておくので。これ以上みっともなく言い訳を探したりはしないように。今後、この件で鈴村さんに言いがかりをつけたり、暴言を吐いたりした場合、社長に動画を送りますので、そのつもりで」

そう宣告を受けた棚田さんは「はい」と力なく返事をし、そのまま会議室をあとにしようとした。けれど、蹴とばしたままの椅子を片づけるよう慶介さんに言われ、そそくさとそれらを片づけて今度こそ部屋をあとにした。

その様子を見た慶介さんが、小さくため息を落とし、「あいつクズだなー」と呟いたあと、私に視線を移す。

「あれ？　大丈夫？　腰抜けちゃった？」

「……はい。なんだか、立てなくなっちゃって……」

座り込んでしまっていた私に慶介さんが慌てて駆け寄ってきて、手を差し出してくれる。

そこに重ねようと私も手を出して……でも、その手をバッと身体の後ろに隠した。震えてしまっていたから。

自分自身を情けなく思い、「あ……すみません」と謝った途端、今度は涙がポロッとこぼれだすから、「本当にすみません……っ」と慌てて涙を拭く。

さっきの出来事は、とても短い時間でしかなかったのに……長い緊張からやっと解放されたようなおかしな感覚だった。酸素の薄い場所に閉じ込められていたみたいに、呼吸も荒くなっていた。

はぁ……と浅い呼吸を繰り返していると、慶介さんは「いや、全然」とニコリと笑い、私の肩をつかむとそのまま立ち上がらせる。

「よっと」

しゃがみ込んだ状態から立ち上がると、バランスを崩して慶介さんの胸に突っ込んでしまう。

結構、勢いよくぶつかってしまったから、慌てて離れようとしたのだけど……背中に回った腕にそれを止められた。

「実はさ、動画撮ってたとか嘘なんだよね」

「……え」

「だって、あんな怖がってる鈴村さん見て、呑気に動画なんて撮ってられないでしょ。でも、言い逃れされても困るからさ、とりあえずハッタリかましただけ。うまくいってよかったよ」

そうだったのか……と思っていると。

「よしよし。怖かったね」

そっと抱きしめながら、ポンポンと背中を叩かれる。まるで母親が子供にするような行為にキョトンとしてから、ふっと笑みがこぼれた。これが、慶介さんの優しさだとわかったから。

柑橘系の香りがした。慶介さんがいつもつけている香水だ。

「大声出す男って最悪だよね。自分を大きく見せたいんだろうけど、それしか手段がないとか動物みたいだし。あんなのが、同じ男としてカテゴリー分けされてるなんて嫌だなぁ」

私がクスクス笑うと、慶介さんは「だって、鈴村さんだってそう思うでしょ?」と聞いてくる。

「でも、成宮さんが、慶介さんはすぐ手を出すから、そのうち女性に刺されるって言ってました」

「それはさー、手を出すって言っても色気のあるほうだし。……まぁ、アッキーは真面目だから、俺のそういう部分あんまり理解してくれないけど、うまいこと遊んでるから心配いらないよ。それに、女の子に刺されて死ねるなら本望」

「……本当に？」

「嘘です。そんなことになったら超後悔するわー。やっぱり、もうちょっと真面目に生きようかな」

すぐに意見を変えた慶介さんに笑ってから……そっと口を開く。

「『NR&T』って、慶介さんの会社だったんですね」

その時は混乱していて、いちいち考えている余裕がなかったけど、そういうことなんだろう。棚田さんが〝竹下副社長〟って呼んでいたし。

慶介さんは、まだ私の背中をポンポンと撫でながら答える。

「まぁね。本当は、まだまだ会社継げるような人間じゃないんだけど。父親が『何事も経験だ』とか言って、早々に俺に継がせたがって結構大変だよ。両親は『悩め悩め』って笑ってるけど、俺からしたら毎日必死でさ」

「……そうだったんですね」

　失礼ながら、ちっともそんな風には見えなかった。

　軽い雰囲気や人柄から、適当にやっているものだとばかり思っていただけに、心の中でこっそり謝る。そんなに一生懸命だったのに、申し訳なかった。

「あ。今、全然そう見えないって思った？」

　ギクッとしながらも「いえ。まさか」とふるふる首を振ったけれど、慶介さんは信じていないようだった。

「もうさー、いっつもそうなんだよ。俺の努力とか必死さって、全く周りに伝わらなくて嫌になるよ。……まぁ、俺自身、大変なこととかあっても、酒飲んで騒いで寝れば忘れちゃうけどね」

　不貞腐(ふてくさ)れたように話しだしたのに、最後はハハッと明るく笑う慶介さんに、私も笑みをこぼす。

「見習いたいです」

「じゃあ、今夜はアッキーと楽しく飲むといいよ。それで、あんなヤツに言われたこととか怖かったこととか、全部忘れちゃいな」

　最後、私を離し、ポンと頭を撫でた慶介さんに笑顔でお礼を言った。

「……あ。お疲れ様です」

仕事帰り、マンションまであと数百メートルほどの場所を歩いていた時、車が横付けされた。

黒い高級車に、『あれ？』と思って立ち止まると、中からは予想通り成宮さんが降りてきて車に乗るように言われる。

私を見つけたからわざわざ車を停めてくれたんだということに、じわじわと嬉しさが胸に広がっていく。

十九時前の空は暗く、すれ違う車のヘッドライトが眩しい。

「お疲れ。慶介から聞いた。大丈夫か？」

すぐに持ち出された話題に驚く。慶介さんは成宮さんに報告するとは言ってたけど、こんなに早く話がいくとは思わなかった。

「大丈夫です。ただ、慶介さんには迷惑をかけてしまって……忙しいのに申し訳なかったです」

運転手さんの運転する車が、マンションの敷地内に入る。

「いや、迷惑も何もないだろ。危ない目に遭ってたっていうし、慶介も心配してた」

「そうですか……。あの、棚田さんには何か処分が下ったりするんでしょうか」

あまり掘り下げてほしくなくて、わざと話題を逸らした。あんな風に震えたり泣いたりしてしまったことは、情けないから言葉にされたくなかった。

「ああ。お前が受付で話しているのを聞いてから、コンプライアンス課に来ている報告を見直させたら、棚田の名前が十件以上挙がってたんだ。今までのも棚田の直属の上司には話してあるし、棚田自身へも注意しているって話だった。そこにきての今回のことだからな。さすがに注意するだけとはいかないだろうな」

「……そうですか」

車から降り、マンションの敷地内を歩きながら、成宮さんが話す。

「棚田に不快感を持っている社員が何人もいる中で、棚田自身に改善しようという努力が見られないなら、いつまでも同じ空間でほかの社員に我慢してもらうのはおかしい。人事課長に、あくまでも俺の意見として伝えてきただけだから、実際どう判断されるかはまだわからないけど」

迷いのない声と横顔を見上げ、ホッとする。今回のことは、言い返して棚田さんに火をつけてしまった私も悪いけれど、やっぱりこれからもずっと棚田さんが同じ社内にいるのは怖い。

それは、今まで嫌味を言われた女性社員みんなそうだろうから、副社長である成宮さんがこういう意見を持っていてくれるのなら安心だ。

マンションに入り、エレベーターに乗り込む。

柔らかいオレンジ色の照明が照らす、エレベーター内。

階数ボタンを押そうと手を上げたところで、横から伸びてきた手に上から握られた。

何かと思って隣を見上げると、じっと私を見つめる成宮さんがいて驚く。

わずかに不機嫌そうに見える目元がいつもとは違い、どうしたんだろうと疑問に思っていると、一定時間を越えたからか、エレベーターの扉が勝手に閉まった。

「あの……」

「お前が無事でよかったっていうのが本音だし、だったら細かいことなんかどうでもいいんじゃねーか、とも思うんだけど」

「……はい」と相槌を打つと、成宮さんが眉を寄せる。言いづらいことみたいだ。

「お前に異常に執着してる婚約者と一緒にされたくねーんだけど……だからって、ずっと我慢してられないから単刀直入に聞く。……なんでお前から慶介の匂いがするんだ？」

真面目な声で問われる。成宮さんは普段から基本的に真面目だけど、声のトーンが全然違った。

　慎重さが窺える低い声に、一瞬息を呑んでから口を開いた。

「慶介さんからは、何も聞いていないんですか？」

「ああ。棚田が椅子蹴り上げたり怒鳴ったりして、お前を怖がらせていた、って報告を受けただけだ」

　きっと慶介さんは、私のために黙っていてくれたんだろう。

　それはわかるけど……自分の口から言うのはバツが悪いな、と思いながら成宮さんを見上げた。バツは悪いけど、こんな風に聞かれて黙っているつもりもない。

「私、父親が一時期そうだったからか、男の人が怒鳴ったりしてるのって苦手なんです。だから今日、棚田さんに怒鳴られた時も怖くて、腰抜かして泣いちゃって……慶介さんが抱き起こして慰(なぐさ)めてくれたんです」

　いい大人なのに、本当に情けない。

　そう思い、苦笑いを浮かべると、成宮さんは目を見開いてから心配そうに表情を崩した。握られたままの手に、力がこもる。

「別に、男に大声出されて椅子蹴り上げられて泣くのは、恥ずかしいことじゃないだろ。なのに……なんでお前は、そんな自分を責めるみたいな顔して笑うんだよ」

苦しそうな声で言った成宮さんは、私の手を引っ張るとそのままきつく抱きしめる。ギュッと、大事なものでも確認しているかのように抱きしめられ、それを頭で理解した途端、心臓が飛び出しそうなくらいに大きく跳ねた。

一気に顔が熱くなり、自分でも赤くなっているのがわかるほどだ。

「あの、成宮さん……」

こんなの心臓がもたない。トクトクと速度を上げていく心拍は心配になるほどで、頭の中はもうパニック状態だった。背中に回った腕や、触れている胸板の逞しさが伝わってきて、意識してしまう。

慶介さんに抱きしめられたって何も思わなかったのに……相手が成宮さんだってだけで、こんな——。

「これは、俺のワガママなんだろうけど」

私を抱きしめる腕は緩めずに、成宮さんが話す。

「お前が泣いたって駄々こねたって、嫌な顔なんかしないから、俺の前ではお前の思うまま我慢してほしくない。……それと、なんでお前が泣いた時、そばにいたのが俺じゃなくて慶介なんだよ」

響きのいい声が耳元から直接入り込み、胸の奥にじわりと沈んでいく。成宮さんのくれた言葉、全部が嬉しかった。困らせてもいい、と私を安心させてくれるところも、慶介さんに嫉妬（しっと）しているところも全部が嬉しくて、抱きしめ返したい衝動に駆られる。

——けれど。

手を持ち上げたところで、我に返り……それをやめた。そして、抱きしめ返す代わりに口を開く。

「成宮さん」と呼ぶと、少し間を空けてから「何?」と返ってきたから、ふっと笑いながら話す。

「私、もう成宮さんの前では好き勝手してますよ。だって成宮さんは私が何を言っても、きちんと温度のある態度を返してくれる。だから、安心してなんでも言えるし、どんな顔だってできます。口ゲンカなんかしたの、成宮さんが初めてなんですから」

　ドライヤーをすぐにかけないとか、横着すぎるとか。小さなことで揉めたのなんて初めてだ。そして、それが楽しいと思ったのも、もちろん初めてだった。

　このマンションで過ごすようになってから、成宮さんが私にくれた感情はたくさんすぎて、並べられない。そのひとつひとつがキラキラしていて、私にはもったいないほどだ。

「それと、慶介さんのことですけど。成宮さんが信頼を置く人だから、私も安心して泣いたんです。だから、私が一番頼りにしているのは――」

言い切る前に、顎を持ち上げられ、そのままキスされる。

「鈴村……」

掠れた声で呼ばれ、唇を柔らかく啄まれる。成宮さんの声や仕草から気持ちが伝わってくるようで、気づいたら頬を温かい涙が伝っていた。

階数ボタンを押していないエレベーターは、そのまま動くことなくとどまっていた。どこにも辿りつけず宙ぶらりんで、いつ破られるかわからない密室は、まるで今の私の状況みたいだった。

――この生活が、いつまでも続けばいいのに……。

「……さよなら」

『副社長って、受付の鈴村さんって子と同棲してるらしいよ』

そんな噂はすぐに広まり、食堂や更衣室に行くたび、視線が刺さるようになったけれど、そこまで気にしていなかった。受付はほかの部署とはあまり関わりもないし、知らない社員にどう思われてどういう目で見られても、そんなに気にならない。私は私の仕事をするだけだ。

そんな風に考えていたけれど……それは甘かったというのを私が思い知ったのは、成宮さんの部屋にお世話になって、二十五日が経った頃だった。

仕事を終えてマンションに戻り、これから夕食の下ごしらえでもしようと思っていた時、インターホンが鳴った。

エントランスからじゃなく、玄関前からのチャイムのようで、少し驚きながらインターホンに近づく。

成宮さんなら当然インターホンなんて鳴らさないし、慶介さんも合鍵で堂々と入ってくる。

エントランスは、ほかの入居者がロックを解除した時に一緒に入ってきたとして……一体、誰だろう。考えられるとすれば、宅配便とかだけど……これまで届いたことは一度もない。

出る出ないは別として、とりあえず誰かだけ確認しようとインターホンの液晶画面を覗き……そこに映っている人物を見た途端、時間が止まった気がした。

なんでここがわかったんだろう……と自然と疑問が浮かんだと同時に、ドクドクと心臓が不穏な音をたてて気持ちを急かしだす。一瞬にして現実に戻された私は、まるで成宮さんがかけてくれた魔法が解けたみたいだった。

——全部、終わりだ。

ふらっとした足取りで玄関に向かう。無視するなんて選択肢を、私は持っていなくて……行きたくなんてないのに身体が勝手に玄関に向かう。まるで、足に巻きついている見えない鎖を引っ張られているかのように。

この扉を開けたら、もうここには戻ってこられないことはわかっていたけれど……それでも、居留守を使うことはできなかった。

私は、この人を無視できないように育てられてきたから。最優先させなきゃと、無意識の部分で考えが働いていた。

『今日の夕飯、何?』

不意に成宮さんの声が聞こえた気がして、ふと足を止める。そして、玄関のドアノブに手をかけてから……一度振り返り、部屋を見回す。誰もいないのに、成宮さんの存在をそこかしこに感じる部屋に、胸がキュッと鳴くようだった。

ふたりで囲んだテーブル。洗濯物を畳んだソファ。かけてもらったドライヤー。ここからは見えないけれど、ふたりで並んで眠ったベッドや、掃除するたびに泡だらけになってしまう大きなお風呂。

成宮さんは、自分の身体の大きさをわかってない。

だから、あんな泡だらけになっちゃうんだって教えてあげればよかったな、と思い、笑みがこぼれる。

カボチャの硬さでケンカになったキッチン。ふたりで食べた、アーモンドチョコ。

……甘い、キス。

『好きだ』

成宮さんらしい、とてもシンプルで直球の告白。

この部屋で過ごしたのなんて一ヵ月にも満たないのに、私が過ごしてきたそれまでの二十年以上の歳月よりも、とても大きなものに感じた。

ここで、たくさんの気持ちを見つけて、たくさんの幸せを知った。

成宮さんに……教えてもらった——。

「私も……好きでした」

誰もいない部屋に、ひと言だけ残し……ギュッと目をつぶったあと、ドアノブを持つ手に力を込める。

そっとドアを開けて見上げると、すぐに微笑みが降ってくる。

見慣れたはずの優しい微笑みが機械的に感じられるのは、感情を隠そうとしない成宮さんの笑顔を近くで見すぎたからだろうか。スッと周りの温度が下がった気がした。

「探したよ。彩月」

「……すみませんでした」

「マリッジブルーって言葉があるくらいだし、彩月もそうなのかと思って自由にさせてたけど……さすがに、ほかの男のところにいるって聞いたら放っておけないから。ごめんね、彩月が望むなら、何ヵ月でも騙されてあげるつもりだったんだけど」

微笑んだまま、辰巳さんが続ける。

「今日、本当は遠目に彩月の顔だけ見たら、帰るつもりだったんだ。やっぱり元気な顔を見ないと心配だから。でも、たまたま女性社員が彩月が副社長と同棲してるなんて話してるのを聞いて……それで彩月のあとをつけてきたんだ」

辰巳さんに怒っている様子はなかった。

それが余計に私に罪悪感を埋め込むようだった。優しい声にじわじわと追いつめられる。急に、空気が薄くなったように呼吸が浅くなる。

「すみません。一度、家出してみたくて……でも、行き先を決めないで飛び出したから、道端で途方にくれてしまって。そこを副社長が見つけて、手を差し伸べてくれたんです。それから、こちらにお世話になってました。自分の会社の社員だってわかりながら放っておくのは、経営者側の立場からしてできなかったみたいで」

成宮さんの分が悪くならないよう、あくまでも〝経営者と社員〟という立場だということを強調する。

「私が頼み込んで、ここに置いてもらっていたんです。一ヵ月だけってお願い――」

「だから、成宮って男は悪くない、って言いたいみたいだね」

私の言葉を遮った辰巳さんをハッとして見上げると、眉を下げて微笑まれる。

「そんな顔しないで。大丈夫。彩月が帰るって言うなら、これ以上、追及するつもりもない」

伸びてきた手が頬に触れた途端、違和感が生まれて……それがなんだかおかしかった。一ヵ月足らずで、私は成宮さんの手を覚えてしまったんだなってわかって。

キュッと唇を引き結んだあと、辰巳さんと目を合わせる。そして「帰ろうか」と穏やかな声で言う辰巳さんに頷いた。

辰巳さんに玄関前で少しだけ待っていてもらって、荷物の整理をする。そして、この部屋に来た時に持ってきたバッグを持ち、玄関を出た。ふたつのバッグを辰巳さんが持ってくれるから、その後ろをうつむきながら歩く。

成宮さんの告白に応えるつもりは、最初からなかった。だって、私は辰巳さんから逃げられないいし、拒絶もできないから……いくら成宮さんに恋をしていたって好きだなんて言えない。

お世話になったのだから、きちんと挨拶くらいはしたかったけど……辰巳さんがこうして出てきた以上、ここにとどまるほうが迷惑になってしまう。それがわかったから、挨拶は諦めて辰巳さんについて帰ることにした。

エレベーターホールでも、車に向かう道中も、辰巳さんも私も、何も話そうとはしなかった。ただ静かに歩き、辰巳さんが車を停めたマンション前の道路に向かう。

外はもう暗く、桜の花びらがチラチラと道路の上を舞っていた。空にはたくさんの星が浮かび上がり、今にもこぼれてきそうだ。

　成宮さんの部屋のベランダからも、何度か星空を眺めたことがあったな……と思い出す。

『今日、ＩＳＳ（アイエスエス）が見えるって』

『ＩＳＳ……国際宇宙ステーションでしたっけ』

『そう。せっかくだから、ベランダ出て見てみるか』

　三月の夜の外は、思いの外寒かった。

　うっかり薄着で出てしまった私たちは、ガタガタしながら見るはめになったことを思い出し、ふっとひとり笑みをこぼす。

『はは、お前鼻真っ赤』

『成宮さんこそ、トナカイみたいになってますよ。……あ、ＩＳＳ』

『おー……すげーな。あれに人が乗ってるとか考えると、人間ってすげーなって思うよな。あれ一から作って、あそこまで飛ばすんだもんな』

　成宮さんといると、なんでもないこと全部がキラキラして楽しかった。まるで、地上から見る流星群みたいに。

　あの人はとても純粋でまっすぐだから、嘘がなくて安心できたし、私も本音をさらせたのかもしれない。

マンションを振り返り……その景色を瞼に焼きつけてから、目を逸らした。

……さよならだ。

「彩月。寒くない？　もう、すぐそこだから」

「大丈夫です」

気遣ってくれる辰巳さんになんとか笑顔を作り、ここにとどまりたいと主張する足を必死に進めていた時。

「――鈴村？」

後ろから名前を呼ばれ、息を呑んだ。トクン、と胸が大きく跳ねる。たったひと言だけで引力みたいに、惹きつけられる。

前を向いたまま言葉をなくし……条件反射みたいに瞳に浮かび始めた涙を、辰巳さんから隠すようにうつむく。誰だかはわかっていたから、振り向くことはしないで一度止まってしまった足を進めた。

振り向いていないから、成宮さんがどの辺りにいるのかはわからない。でも、声の届き方からしてだいぶ遠い。マンション前にいるんだとしたら、このまま振り向かなければ、見間違いだと思ってきっと追ってこない。

「彩月？　今、呼ばれてなかった？」

立ち止まろうとする辰巳さんの腕をつかみ、歩きながら首を振る。

「いいえ。いいんです。行きましょう」

「でも……」

辰巳さんが、「鈴村！」ともう一度私を呼ぶ成宮さんに、チラッと視線を向けるから、「早く」と急かして歩く。

迷惑をかけたくないのに……なんで……。

部屋を出る時に見た時計は、まだ十九時半だった。

だから、成宮さんが帰ってくる前に出ていこうと思ったのに……。

一瞬、どうしよう……と激しく動揺してから、自分自身を落ち着かせる。

辰巳さんは、成宮さんの顔までは知らないはずだ。

だったら、このまま別れられれば問題ない。

辰巳さんも、私が帰ればこの件に関して、これ以上追及はしないって言っていた。

そう思い、足早にマンションから離れる。こんな別れ方になってしまったことへの後悔が襲ってきたけれど、苦しくなりながらもそのまま足を進め、辰巳さんの車が見えてきた時……腕をぐっとつかまれた。

「鈴村……っ、待てって言ってんだろ……！」

さっきまで遠かったはずの声に、至近距離から言われ……振り向かないようにぐっと奥歯を食いしばる。

このまま別れたら、成宮さんにだって迷惑をかけずに済んだのに……なんで……っ。なんで、追いかけてきてくれるの……？

言えない想いの代わりに、ポロッとこぼれた涙を指先で拭う。

はぁ……と苦しさを吐き出すように息を吐いてからゆっくりと振り向くと、成宮さんは肩で呼吸をしていた。

走って追いかけてきてくれたのか……と成宮さんの真剣な顔を見て、胸の奥が鳴く。

強引に私を立ち止まらせた成宮さんは、私の腕をつかんだまま辰巳さんを見る。まだ、息が荒かった。

「せっかく迎えに来てもらったところ、すみません。鈴村はまだ研修中でして」

ニッと口の端を上げて嘘をついた成宮さんに、辰巳さんは小さく息をつく。

成宮さんも辰巳さんも、もう、お互いが誰なのか、そして今どんな状況なのかわかっているみたいだった。

「成宮さん……でよろしいでしょうか。この期に及んでまだそんな嘘が通用すると、本気で思っているわけではないでしょう？　そもそも、一ヵ月近くも彩月を監禁しておいて、よくそんなことが言える――」

「監禁じゃないですよ。鈴村は自分の意思で、俺の部屋に来たんですから」

ピシャリと言い切った成宮さんに、辰巳さんの瞳がスッと冷たく細められる。辰巳さんにしては珍しく、眉間にはわずかなシワが寄っていた。

「つまり、成宮さん自身には責任はないと？」

「そうじゃありません。鈴村は立派な成人女性です。そんな鈴村が自分の意思で俺の部屋にいた。ただそれだけのことでしょう。そこに、家族でもなんでもないあなたが口出しする権利なんてない、ってことが言いたいんです」

ピリピリとした緊張感が張りつめた空気の中。

沈黙がしばらく続いたあと、辰巳さんがふっと表情を緩めた。

「まぁ、そうですね。俺は〝まだ〟彩月の家族ではない」

「ですよね。ってことでお引き取りください。……ああ、鈴村の荷物は預かりますよ」

「それには及びません」

成宮さんが手を差し出しても、辰巳さんは荷物を渡そうとはしなかった。私には見せたことのないような、鋭い眼差しの辰巳さんに少し驚く。

「彩月は、〝自分の意思〟で俺のもとに戻るんですから。それなら文句はないでしょう？」

さっき、成宮さんが言った〝自分の意思〟という言葉をそのまま返した辰巳さんに、成宮さんはしばらく黙ったあとで静かに聞いた。

「また、鈴村から自由を奪って窮屈な思いをさせるのが、あなたの望むことですか？それが鈴村の幸せだと、本気で考えているんでしょうか」

途端、辰巳さんはハッとした表情をした。

まるで、相当な衝撃でも受けたように見受けられるその顔に、どうしたんだろうと少し心配さえしていると、成宮さんが再度言う。

「鈴村の荷物は預かります」

成宮さんがバッグに手を伸ばしても、今度は辰巳さんは何も言い返さなかった。いつだって完璧だった辰巳さんが、今はどこか弱って見える。

伏せられた瞳が迷っているように揺れるのを見ていると、不意に視線がぶつかった。

「……また来るよ。彩月」

なんとか微笑みを浮かべている、というような顔で言われ……私はただそんな辰巳さんが、ゆっくりと背中を向ける様子を眺めていることしかできなかった。

辰巳さんと来た道を、成宮さんと戻る。成宮さんの手には私のバッグが持たれていて、まるで初めてこのマンションに来た日みたいだった。

ふたりして黙ったままエレベーターに乗り、部屋まで戻る。

そして、私のバッグをソファに置くと、成宮さんが笑いかけてきた。

「なんか、初めてここに来た日みたいだな」

さっき、私が考えていたことと同じことを言った成宮さんが、バッグの横にドカッと座るから……顔をしかめる。

「スーツ、シワになります」

いつもいつも、何度注意してもスーツのままくつろごうとするから、今日も呆れながら言うと、成宮さんがふっと表情を緩める。

リビングに入ってすぐのところに立ったままの私を、成宮さんが嬉しそうに見るから不思議に思っていると、不意に「お前の小言がまた聞けてよかった」と告げられる。

その言葉に目を丸くしている私をじっと見たあと、成宮さんが続ける。

「焦ったら負けだと思ったから、平静を装ってたけど……正直、結構ビビッてた。あいつと離れていくお前の姿見かけて……どうしようって焦った」

わずかにうつむき、目を伏せた成宮さんに、涙が込み上げてくる。こぼれ落ちないようにと我慢したそれが、胸から喉までをどんどん詰まらせるから、呼吸がヒュッと変な音をたてる。

「なんであいつがここにいるのかって考えて、会社で俺がバラしたせいかって思った。それで調べて連れ戻しに来たのかって。……悪い。俺が考えなしだった」

会社でバラしたことを謝っているんだろう。

でも、別に成宮さんが悪いわけじゃないと、黙って首を振る。

「成宮さんのせいじゃありません」

声を震わせながら言うと、成宮さんは「ん」と曖昧な返事をし、そのまま黙った。

静かな部屋。

ただ立ったままでいる私を、成宮さんがゆっくりと見上げ……寂しそうに微笑んだ。

「勝手に出ていこうとするなよ。びっくりするだろ」

悲しさを浮かべる瞳に見つめられ、我慢していた涙がひと筋頬を伝う。

「だって……迷惑が……」

「うん。お前はどうせそう考えたんだろうなっていうのも、すぐわかった。俺が追いかけたら、あとでお前とあいつの間がおかしくなるんじゃないかってことも……でも、止まらなかった」

前髪にくしゃっと手を差し込んだあと、成宮さんが立ち上がる。

そして、私に近づきながら「ごめんな」と謝るから、その瞳をじっと見つめ返しながら口を開いた。

「なんで、そんなに一生懸命になってくれるんですか……」

ポロポロ落ちる涙のせいで、目元が熱い。

「私は成宮さんに、そんなによくしてもらうような女じゃ……」

「誰を大事にするかは、俺が決める」

目の前で立ち止まった成宮さんが、指先で私の涙を拭う。

優しい指先に、またひとつ涙がこぼれた。

「お前は、気が強いと思ったら臆病なとこもあったりして、一緒にいて飽きない。素直だから嘘もつかないし、優しくていいヤツだろ。料理だってうまいし、家族と関係ないところでなら、自分の意見だってちゃんと言えるし、しっかりもしてる」

柔らかく細められた瞳が、甘やかすみたいに私を見るから、胸がトクトクとうるさいくらいだった。

じっと見つめる先で、成宮さんはわずかに苦しそうな笑みを浮かべ……。

「なのに、どこか危なっかしいから……放っておけない」

そう言い、私を抱きしめた。溢れる涙がスーツに吸い込まれていく。

それを注意しなくちゃいけないのに、できなかった。

抱きしめられることをずっと望んでいたみたいに、満たされた胸から嬉しさがコロコロと溢れだし、収拾がつかなくなってしまう。

「最初は、そこまで深く考えての行動じゃなかった。ただ、あのまま放っておいたらお前がほかの男を誘うのかって考えたら、危ないとか、ちょっと気に入らねーなって思ったくらいで」

初めて会った金曜日の夜のことだとわかり、静かに聞く。

「でも、翌日起きてお前がいないと気づいた時、放っておく気にならなかった。もっと一緒にいたかったし、もっと知りたいと思った」

「……だから、追いかけてきてくれたんですか」

小さな声で呟くと、「ああ」という返事が直接胸から響いた。

大きな身体に抱きしめられているうちに、騒がしかった気持ちが不思議と落ち着いていく。ドキドキするけれど、とても心地いい。当たり前だ。この一ヵ月、ずっとこうして眠ってきたんだから。

「惹かれてるのは変な始まり方したからかとも思ったけど、お前と話してると楽しいし、しっくりきたから……もっと一緒にいたくて同居を提案した。一緒に暮らしてみて、それは間違いじゃなかったって確信してる」

一拍置いてから「お前が好きだ」と再度、告白してくれた成宮さんに、震える唇を開く。

「もう、聞きました……」

「何度言ったっていいだろ」

即答され、涙を流しながらその背中に手を回した。

私がそうしたことに気づいたからか、成宮さんの腕に力がこもる。

耳を当てた胸からはトクトクとわずかに速い音が聞こえてきて、緊張していたのかな、とおかしくなってしまった。全然そんな風には見えなかったのに。

「私、重たい女ですよ」

目をつぶりながら告げると、すぐに「知ってる」と笑みを含んだような声が返ってくる。

「俺だって、軽い気持ちで言ってるんじゃないし……大事にしたいと思ってる」

まっすぐな言葉を受け、胸がギュッとつかまれたみたいに苦しくなるのを感じながら、「でも」と話す。

「私、面倒ですよ。性格もですけど……その……さっきの件もありますし」

辰巳さんのことをどうにかしないと、先に進めない。そして、それは簡単じゃない。

だから言うと、成宮さんは明るく笑った。

「そんな小さい障害、なんでもねーよ。一緒に乗り越えてやる」

「小さいって……」

「小さいだろ。どうにでもなる」

そんなわけない。だって、私はずっとどうにもできなかった。どうにかなると期待を持つことすらできずにいた。なのに……成宮さんが言うと、本当になんでもないように思えるから不思議だ。

なんでもないように思えるし……成宮さんと一緒なら、本当に乗り越えられるとも思えてくる。一緒にいるだけで、未来がキラキラ輝いてしまう。

肩に入っていた力が抜け、息をつく。もやもやと霧がかかっていた心の中が晴れ渡り……見えた気持ちを素直に口にした。

もう、ごまかせない。

「私も、成宮さんが好きです。いつも明るくて純粋で、一緒にいるだけで楽しい。私、この一ヵ月、ずっとドキドキしてました」

隠せない本音を告げると、しばらくしてから上から「……ん」と短い返事が降ってくる。

珍しい声のトーンに、どうしたんだろうと思い「成宮さん?」と見上げると……目を逸らし、耳を赤くしている成宮さんの姿があった。

『照れてるのかな』と思いながらじっと見ていると、「こっち向くな」と怒られる。

「なんか……結構、顔がニヤける」

それでも、照れているところなんて初めて見たから、珍しくて目を逸らせずにいると、「あー、いい加減にしろ」と唇を塞がれた。

「ん……っ」

咬みつくようなキスに驚いていているうちに、成宮さんの舌が口内に入ってくる。重なり合ったそこからわずかな水音が聞こえ、背中をぞくりとした感覚が走った。

気持ちはふわふわとしていくのに、身体はダルくなるような矛盾した感覚に戸惑い、ただキスを受け入れることしかできない。

すると、成宮さんが私の膝裏に腕を差し込み、そのまま抱き上げた。

「ひゃ……っ」

いくら私が小柄だからって、こんな軽々と抱き抱えるなんて……。びっくりしている私なんて気にもしないで、スタスタと足を進める成宮さんは、寝室に入ると電気をつけることもせずに私をベッドの上に下ろし、そのまま覆い被さってくる。

「あっ……ん」

再び重なった唇に目を閉じると、そのうちに成宮さんの手が動き、胸の辺りをゴソゴソといじる。服を脱がされているのがわかり……思わずその手を止めていた。

「……ん？　何？」

はぁ……と色っぽい吐息を吐く成宮さんの瞳が、暗闇の中で底光りする。

すべてを許したくなってしまうような色気を含んだ表情に、身体の真ん中がキュンと鳴くのを感じながらも口を開く。

「あ、だって……辰巳さんとのことが、まだ──」

『解決していないし』と続けようとした言葉は、成宮さんの口内に奪われる。何度も何度も角度を変えて交わされるキスに、身体からは力が抜け落ちて、ただ荒い呼吸を繰り返すしかできなくなっていた。

まるで、溺れていくみたいだ。押さえつけられているわけじゃないのに、放り出した手がベッドに縫いつけられたみたいに動かない。服を脱がされたことに気づいても、もう止める気にはならなかった。

「心配するな。俺がどうにでもしてやるから」

そう囁くように言った成宮さんが、耳に唇を押しつける。思わず「ん……っ」と声を漏らすと、ふっと笑われ……。「今は俺に集中してろ」と告げられる。

首を、鎖骨を、胸を、身体中を這う舌や指先。

「あ……っ、ん、ぅ……っ」

一度だけ知っている成宮さんとの行為を思い出し、その先を期待している身体は恥ずかしいほど素直に反応する。

丁寧に、そして情熱的に触れられ、どんどん熱くなる身体を持てあまし、成宮さんの頭に手を伸ばす。その時にはもう、言われた通り、成宮さんのことしか考えられなくなっていた。

「隠してくれてたんでしょう？」

『彩月は何も不安に思わなくていい。……大丈夫。俺が守るから』

いつか、辰巳さんが言っていたことだ。それ以外にも、辰巳さんはたまに漠然とした言葉を私にかけていた。

『守る』とか『不安にならなくていい』とか……あれは一体、何に対してだったんだろう。辰巳さんは、何から私を守ってくれていたんだろう。

一緒にいる時には気づかなかった疑問が、離れてみて初めて見えてきていた。

「久しぶりねぇ。彩月がひとりで帰ってくるなんて、家を出てから初めてじゃない？」

土曜日、実家に戻ると、お母さんが迎えてくれた。お父さんは仕事の付き合いで、朝からゴルフに出かけているらしい。辰巳さんのお父さんも一緒だってことだった。

ローテーブルを挟んだ向かいのソファに座ったお母さんが、淹れたての紅茶に手を伸ばす。

白いティーカップからは湯気が立っていた。

ひとりで帰ってくるのはお母さんの言う通り、家を出てから初めてだけど、辰巳さんと一緒になら年に何度か来ていたから、そこまでの懐かしさは感じない。でも……今日は不思議な違和感があった。

『この家の雰囲気って、こんなにも乾いていたっけ……？』と疑問を抱いてしまうくらいに、流れる空気が冷たい。だけど、思い返してみればいつもこんな感じだったし、私が成宮さんの作る温かい雰囲気に慣れてしまったからなんだろう。

この家以外の空気を知らなかったから、今までは疑問に感じてこなかったけれど、お世辞にも〝家庭的〟とかそういう言葉は似合わないなと思う。

「柊哉さんとは、きちんとうまくやってるの？　ダメよ。面倒をかけるようなことをしたら。彩月の態度で柊哉さんが機嫌を損ねたら、あなたたちふたりだけの問題じゃ、済まされないんだから」

『うん』とは頷けない注意をされ、曖昧に笑って紅茶に手を伸ばす。

「辰巳さんは、たとえ私とケンカしても、それを仕事に響かせるような人じゃないよ」

『ふたりだけの問題じゃ、済まされない』っていうのは、仕事にも響いてしまうって意味なんだろうと思い言うと、目つきを厳しくされる。

「そんなことわからないでしょう？　本当は、もっと早くに彩月にこういうことを注意しておきたかったのよ。でも、ここに来る時はいつも柊哉さんが一緒だし、電話しようにも、もしも柊哉さんが一緒だったらと思うと、それもできないし……本当に気を揉んでたのよ」

はぁ……と重たいため息を落とされ、こちらまで気分が沈んでしまう。今日、ここに来ようと思ったのは、辰巳さんの話を少し聞きたいと思ったからだけれど……そんな雰囲気ではなくなっていた。

お母さんは一度、こういう愚痴のスイッチが入ってしまうと、止まらない人だから。

小さい頃にも、よくこんなことがあったなと思い出す。

『いい？　私が言うことには頷きなさい。手を焼かせないで』

『何泣いてるのよ……はぁ。本当に面倒臭いわねぇ』

昔のことを考えているうちに、不意にそんな声が蘇る。

それと同時に両親のしかめられた顔が浮かび……『これはいつの記憶だっけ？』と考えていると、お母さんが言う。

「柊哉さんは顔を合わせるたび、彩月のことを褒めてくれるけど……本心はわからないじゃない。いつ、切られるかわからないんだから、そうされないようにきちんと柊哉さんに尽くさないと」

「……どうして、そんなに辰巳さんに気を遣うの？」

婚約者なら、立場は同じはずだ。別に、使用人として雇われているわけじゃないんだから、すべて辰巳さんの顔色を窺いながら過ごす必要なんてない。

私が辰巳さんに逆らえないのは、あの人の雰囲気に押されてってだけで、本来ならケンカだってしてていい関係だ。

それなのに、昔からお母さんは辰巳さんにすべて従えとでも言いたそうだから、不思議に思って聞くと、「当たり前でしょう」と呆れたように言われる。

「彩月は、うちを代表して辰巳さんの家に入るんだから。失礼があったりしたら、絶対にいけないの」

嫁ぐってことは、そういうものだとも捉えられるけれど……それにしても、と少し引っかかる。

〝代表〟なんて言い方は、まるで組織みたいだ。

「だから、『会社なんて辞めて花嫁修業しなさい』ってずっと言ってるじゃない。なのに彩月ときたら、全然聞かないし……柊哉さんも『彩月の好きにさせてあげてください』なんて言うから、強く言えなかったけど」

「え……辰巳さん、そんなこと言ってくれてたの……？」

知らなかった事実に驚くと、「そうよ」と嫌そうな声で頷かれる。

「うちはもう、去年の末辺りからずっと、花嫁修業させたらどうかって提案してたのよ。でも柊哉さんが、彩月が望まないのにかわいそうだって言ってくれて……ダメよ。柊哉さんを困らせるようなこと言っちゃ。うちの立場も考えてちょうだい」

お母さんの言葉に、思わず言葉を呑む。だって……そんなこと知らなかった。辰巳さんが陰で私の味方をしてくれていたなんて、今、初めて知った。

でも考えてみれば〝花嫁修業〟だとか〝結婚〟っていう単語を出すのは両親ばかりで、辰巳さんから急がせるようなことは何ひとつ言われていない気がする。

『彩月は、したいようにするといいよ』

いつだって……私の意思を尊重するようなことを、言ってくれていた。ずっと、両親と辰巳さんをひと括りにしか考えられずにいたけれど……ここにきて、初めて辰巳さんは両親とは違う意見を持って、接していてくれたことに気づく。

「柊哉さんだって、お付き合いしている方がいたみたいなのに、彩月との縁談を受けてくれたんだから……本当にしっかりしてほしいのよ。お願いだから、失敗したりしないで」

カチャリと紅茶のカップを置いたお母さんに「お付き合いしている方って……」と

声を漏らすと、「ずいぶん、昔の話だけどね」と言われる。

「あれだけの外見だもの。そりゃあ、恋人だっているに決まってるじゃない。でも、彩月との縁談が決まって別れたって話よ。きちんと彩月と向き合うためにって」

「付き合っている人がいたのに、辰巳さんはなんで縁談なんて受けたの……？」

私と同じように、受け入れざるを得ない空気にされたからだろうか……。

でも、辰巳さんだったら反対だってできそうなものなのに……と考えていると、お母さんが苦笑いを浮かべる。

「それは、だって……」

答えを言う前に口をつぐんでしまった。ハッとしたような顔をされて不思議に思っていると、「とにかく」と話を強制終了させられてしまう。

「あなたが無事、柊哉さんと夫婦になってくれたら、『女の子を産んでよかった』って私も心から思えるんだから」

『あれ？』と思う。そんなことを昔にも言われた気がして。

『……でも、それっていつだった？』と記憶を巡らせている私に、お母さんが言う。

「柊哉さんは、本当にあなたにはもったいないくらいの方なんだから、それをちゃんとわかってくれないと」

何かを隠されたように感じ、黙った私に、お母さんは繰り返し「柊哉さんの機嫌を損ねないように」と注意していた。

私が実家に立ち寄ったのは二時間弱だったけれど、その中で私の体調や仕事を気にするような言葉はひとつもなく……お母さんから一方的にされる話題は、辰巳さんの話ばかり。

それに気づいてしまった途端、漠然とした違和感を覚えた。

違和感……なんだろうか。ずっと気づかなかったことに気づきかけているような、すぐそこに答えがあるのに手が届かないような、そんなもどかしさが私の中で渦巻いていた。

——もしかして。

そう、一度引っかかってしまったら、もう簡単だった。今まで重ねてきたものがドミノみたいにバタバタと倒れていく。

ああ、なんだ……と思うくらいで、たいしたショックも受けなかったのは、私自身最初からそんなものを望んでいなかったからかもしれない。『泣くな』『言うことを聞け』と冷たく言われた時から、きっとそうなんだろうなって気づいてたんだ。

両親が私をどう思っているのか。

それなのに漠然とさせたまま追及しなかったのは、心のどこかでもう諦めていたからかもしれないし……それを辰巳さんが必死に私から隠そうとするから、気づかないフリをしていただけかもしれない。

私の記憶さえ隠してしまうくらいに、辰巳さんが私を大事にしてくれていたから。

「成宮さん。私、辰巳さんと話したいことがあります。明日の土曜日、出かけても大丈夫でしょうか？」

金曜日の朝食の席でそう切り出すと、成宮さんは私を見つめたあと、「ああ」と頷いてくれた。けれど、ふたりきりで会うというところに、どうも納得いかないようで。

「いいけど、ここで会うんじゃダメか？　できるなら俺も同席したい」

そう言ってくれた成宮さんに、微笑んで頷いた。

辰巳さんが部屋を訪れたのは、十四時。

手土産（てみやげ）に持ってきてくれたケーキと淹れたての紅茶をローテーブルに置くと、辰巳さんはニコリとキレイな笑みを作り、「ありがとう、彩月」とお礼を言った。

この間、マンション前で成宮さんと軽い口論になった時、辰巳さんはどこかおかしく見えたのだけれど、今日浮かべている笑みはいつも通り完璧なものだった。

「いえ。私のほうこそ、ありがとうございます。ここのケーキ、好きだって覚えていてくれたんですね」

辰巳さんが持ってきてくれたのは、一度お土産でもらった時に私が気に入った物だった。

特別言葉に出しておいしいと騒いだわけではないのに、私の表情からそれに気づいてくれたんだろう。辰巳さんはいつだって、私が喜ぶようにと考えてくれているから。

今までは、そのことについて、どうしてそこまでしてくれるんだろうと不思議だったし、その理由探しばかりに気を取られていたけれど……その理由がわかった今、疑問はなくなった。

ただ……この優しすぎる人に、申し訳なさが浮かぶだけで。

成宮さんと辰巳さんは、L字型のソファの両端に、距離を取って座っていた。

辰巳さんは、私が淹れた紅茶が入ったカップを、口に運んでから微笑む。

「彩月のことだからね。ほかのことだって、彩月に関することならなんでも覚えてる」

そう言い切った辰巳さんをじっと見つめてから、成宮さんの前にも紅茶を置いて、その隣に腰を下ろした。

並び的には、L字の縦長部分に成宮さん、私で座り、短い部分に辰巳さんが座っているかたちとなる。

座った私に、成宮さんが「大丈夫か？」と心配した様子で耳打ちしてくるから、黙って頷いた。

大丈夫だ。もう、辰巳さんを怖がる理由なんてないのだから。

「それで、話があるってことだったね。彩月がここを出て、部屋に戻るってことだったら嬉しいけど、どうだろう？」

微笑みを浮かべたまま言う辰巳さんをじっと見つめ……それから「辰巳さん」と話を切り出した。

静かな昼下がり。柔らかい日差しがカーテンのレース越しに入り込み、雰囲気を温かくしているようだった。

優しい明かりのせいか、辰巳さんの表情がいつもよりも穏やかに感じる。

私は……この優しい人のどこを見ていたんだろう。

「私、先日、実家に寄って母と話してきたんです」

そう告げると、辰巳さんは持ち上げていたカップをピタリと止め、私を見る。

驚きを浮かべる瞳が歪んでいくのを目の当たりにして、辰巳さんのこんな顔は初めて見るなと思った。

「実家にって……ひとりで？」

嘘だと思いたそうな声で問われ、頷く。

「はい」

「なんで……ご両親と話したいなら、俺に言ってくれれば……」と話しだした辰巳さんが、途中で我に返り、「いや……すまない。取り乱した」と小さく首を振る。それから私を心配そうに見て、「何も、おかしなことは言われなかった？」と聞いた。

その顔を見て、『やっぱり……』と思う。

ずっと逆らえないと思っていた辰巳さんは……ずっと私から自由を奪っていると感じていた辰巳さんは、何ひとつ悪くなかったんだ。

それを確信し、笑顔を向けた。

「母は私に、辰巳さんの機嫌を損ねないようにしなさいって、そのことばかり言ってました」

私の答えを聞いた辰巳さんは、すぐに優しい笑顔を取り繕う。……私のために。

「彩月のことは、俺が小まめに伝えているからね。わざわざ彩月に聞かなくてもいいくらい、細かいことまで」

「……だから、母が私の心配を何ひとつしなくても、愛されていないわけじゃないんだって、辰巳さんはそう言いたいんですよね」

静かに告げると、辰巳さんはまるで時間が止まったように動きを止め、そして、顔を強張らせた。

「両親が私を仕事上の駒だとしか思っていないことに、私が気づいてショックを受けないように……辰巳さんは、いつも私が勝手に実家に帰らないように見張ってた。だから、私が実家に戻る時にはいつも忙しい時間を割いて同行して、両親の発言が私を傷つける方向に向かないようにしてた」

両親の前で、辰巳さんはいつも私のことを褒めてくれていた。こんな気遣いをされて助かっただとか、仕事も頑張っているみたいだって。辰巳さんの口からそう話しておけば、両親が安心するとわかっていたからだろう。

そして、陰では両親に、私の好きにさせてあげてほしいって頼んでくれていて……両親が『結婚、結婚』と急かさないように配慮してくれていた。

全部、私のためだったんだ。

それがわかり、目元を歪めると、辰巳さんはそんな私を見て呆然として……それから、ソファの背もたれに背中を預ける。私が全部気づいたと悟ったんだろう。

前髪に手をくしゃっと差し込んだ辰巳さんが、諦めの浮かんだ瞳を伏せ、微笑む。

「そうか……彩月は頭がいいからね。きっと全部気づいたんだろう」

はぁ……と深いため息を落とした辰巳さんをじっと見つめていると、隣で成宮さんが不思議そうに眉を寄せる。

「全部って……どういうことだ？」

私に聞く成宮さんに答えようとしたところで、「彩月。いいよ、俺が説明する」と辰巳さんが軽く手を上げて私を遮る。

そして、肩幅に開いた両膝の上にそれぞれ肘をつき、手を組んだところで説明を始めた。

「プロポーズだと思っていいですか？」

「彩月はもう気づいているだろうから言うけれど……俺と彩月の縁談の裏には、政略的な事情がある。早い話が、傾いた会社経営をどうにかするために協力してほしいと、彩月のお父さんが俺の父に頼み込んできて……それを受け入れる代わりに、彩月を差し出すと、そういった話だった」

辰巳さんの視線が、私をちらりと見る。

傷ついていないかどうかを探っているんだろうというのがわかり、微笑みを浮かべて頷いた。

大丈夫。私は辰巳さんの口から出た言葉では、きっと傷つかない。

「『差し出す』って……そんな、物みたいにやれるもんでもないだろ。確かに、聞いた話だと親としてどうかとは思ったけど……だからって、こいつの両親はそこまでひどい人間ってわけじゃないんだろ？」

そうであってほしいというような聞き方をした成宮さんに、辰巳さんは目を伏せ、

「俺にはそうとしか見えない」とハッキリと否定した。

「自分の会社のために、彩月を平気で犠牲にできる親がひどくないはずがない。縁談の話が出た時、彩月がいくつだったと思う？　まだ中学生の女の子の人生を、会社のために売るような親を、どうしてひどくないと言える？」

辰巳さんの声はいつも通り穏やかだったけれど……嫌悪感が滲んでいるからだろうか、とても冷たく聞こえた。

「政略結婚だということを、彩月は知らされていないようだった。最初は何も説明しない彩月の両親に腹が立ったけれど、次第に彩月は知らなくていいと思うようになっていった。そうすれば、彩月は両親に駒として使われていることに、ショックを受けずに済む」

辰巳さんが私に視線を移し、わずかに笑みを浮かべる。

「せめて彩月には、両親から愛されていると感じていてほしかったから、彩月が高校を卒業してすぐに、彩月を両親から離したのに……俺は詰めが甘いな」

辰巳さんがひとり暮らしを後押ししてくれたのには、そんな理由があったのか……と納得する。

両親と私が接する時間を、少しでも減らしたかったんだ。辰巳さんがいない時、両親が私に下手なことを言わないように……私と辰巳さんの婚約の裏には政略的な事情があると、私にバレないように。

先日、母は私が『付き合っている人がいたのに、辰巳さんはなんで縁談なんて受けたの……？』と聞いた時、答えをごまかした。あれはきっと、政略結婚だってことを私にバラさないようにと、辰巳さんが釘を刺していたからだろう。

そうまでして、私が両親から愛されていないと気づくのを阻止したかったのか……。

政略結婚だったということを私に知られてしまい、後悔している様子の辰巳さんを見ていられなくて、迷ったあと、口を開いた。

「母と話していて、昔のことをひとつ思い出したんです。母に……『男の子ならよかったのに』って言われたことを。確か、中学に上がる頃でした」

『あなたが無事、柊哉さんと夫婦になってくれたら、〝女の子を産んでよかった〟って私も心から思えるんだから』

いつかも聞いたことがあると感じて、しばらく考えて思い出した。

「父も、父方の祖父母も『会社を継がせるんだから』って、男の子を望んでいたようで……でも私が生まれて、祖父母と母の関係は悪くなったって話でした」

いくらうちと親交の深い辰巳さんでも知らなかったようで、ショックを受けたような顔をされる。

でも、それも当たり前だ。母がそれを口にしたのは一度きりだし、私自身、今まですっかり忘れていたのだから。

「母は跡取りを産めなかったことで、居場所をなくした気分だったのかもしれません。だからか、決して意地悪をされていたわけではありませんが、いつもそっけなかったです」

家庭を流れる冷たい空気は、そういうことだったんだろう。

この歳になれば、当たり前に子供を愛せない親がいることも理解している。父も母も、そこまでとはいかなくても、初めから私に興味が薄かったのかもしれない。

それに加えて、会社の跡取りだとかそういう事情があったせいで、あんなに乾いた雰囲気になってしまったんだろう。

「どうしてこんなことを今まで忘れてたんだろう、って不思議にも思ったんですが、きっと、辰巳さんのおかげだと思います。両親がどんなに私に冷たく接しても、辰巳さんはいつも『ご両親は彩月を大事に思ってるよ』ってフォローしてくれていたから」

だから、親の愛情を疑ったとしても、確信にはいたらなかった。両親への私の疑心を、辰巳さんはいつだってふわふわした霧のようなもので、隠してくれていたんだろう。私自身も気づかないように。

両親から全く愛を受けなかったかと聞かれると、返事に困る。学校に通わせてくれたし、これまで無事に育ててもくれたのだから、優しくされたことがないからといって、一概には答えられない。

でも、両親からの愛を温かく感じたことがあるかと問われれば、答えはノーだ。もしかしたら、気づかないところで愛していてくれたのかもしれないけれど……。

両親から、あまり愛情を注がれていないんじゃないかと気づいたのは、多分、ずいぶん前だ。父も母も私の前で平気で怒鳴り合いをしていたし、止めに入れば私にも怒鳴った。

父の腕にしがみついたのを振り払われて怪我をした時も、両親は私の心配なんてしないでケンカを続けていたから、私が病院に行ったのは翌日だ。

それも、学校にそのまま行くのは世間体的にマズいから……という理由だと、病院につき添う母の横顔からわかっていた。

『こんな目立つ場所じゃなければ、放っておけたのに……忙しいのに面倒かけないで』

待合室で、母は心底嫌そうに私に言った。

両親とも、私が意思を持って何かを発言することを嫌がっていたし、『お前はただ大人しくしていればいい』とよく言われていた。

だから、私はずっと『本当は愛されていないんじゃないか』って知っていたのだけど……辰巳さんが『そんなことないよ』って、いつも守っていてくれたから、見ないフリをしていたんだ。

辰巳さんが必死に隠そうとしてくれているのを、どこかで知っていたから。

でも、だから私は、今日まで何も知らないフリをしてこられたんだ……と気づき、その事実がストンと胸に落ちる。辰巳さんの窮屈なまでの過保護ぶりは、私を両親から守るためだったのか、とようやく納得がいった。

「全部、辰巳さんのおかげだったんです。だから、そんな顔しないでください」

最後に「お願いします」と懇願すると、辰巳さんは「うん。ありがとう」と微笑んでくれたけれど、眉間にはシワが寄ったままだった。今の言葉だけでは、辰巳さんの罪悪感を払拭し切れていないようだった。

苦しそうに暗い顔をする辰巳さんに、どうしようと焦っていた時。

「俺はお前が女でよかった」

突然、成宮さんがそんなことを言いだす。

辰巳さんが不思議そうに顔を上げたのを見て、私も後ろを振り返った。

「……はい？」

唐突なセリフに、それまでの深刻な雰囲気を忘れてキョトンとしていると、成宮さんはふざけた様子も見せずに、真顔で「だから」と続けた。

「俺は、鈴村が女でよかったと思ってる、って言っただけだ。お前がたとえ男でも、友達として仲良くはできそうだけど……でも、やっぱり今のお前がいい」

「……もしかしてですけど。私のこと、励まそうとしてくれてますか？」

話の流れから、きっと私が男の子に生まれなかったことで、今も自分を責めていると思ったんだろう。だからこんな突拍子もないことを……。

ポカンとしてしまっていると、それまで頭を抱えてしまいそうだった辰巳さんが笑い、「俺も彩月が女の子でよかったよ」なんて言いだす。

辰巳さんに関しては、ただ成宮さんに悪ノリしただけとも思えるけれど……私は雰囲気に流され、クスッと笑みをこぼしてから口を開く。

さっきまでの、暗く落ち込んでしまった空気はもうなかった。

「今まで忘れてたくらいのことですよ。心配しなくても、落ち込んだりしていません」

本当に成宮さんは……と、ふふっと笑う。

「ちゃんと、私は私でよかったんだって思えていますから、大丈夫です」

優しいふたりに笑顔を向けると、成宮さんは「それならいい」と言い、私の頭を撫でる。

辰巳さんはそんな私たちを、微笑んだまま眺め……ゆっくりとうつむいた。そして、しばらくしてからそっと口を開く。

「俺は結構、ひねくれた子供だったんだ」

困ったような微笑みを浮かべながらの言葉に、成宮さんは「まぁ、そんな感じだよな」と頷くから、その膝をペシンと叩く。

「なんだよ」

「デリカシーがなさすぎます」

そんな会話をした私たちを見て、ふっと笑ったあと、辰巳さんが続ける。

「そこまで大きな企業ではないけれど、社長の息子という立場から、嫌な大人もそれなりに見てきた。その中で、彩月のお父さんはとてもいい人に見えた。穏やかで家族思いで、会食では当時小学生だった俺にも、気を遣ってくれるいい大人に思えた」

辰巳さんは、テーブルの上で湯気を立てる紅茶を眺めているけれど、その瞳はもっと遠い過去を見つめているように見えた。

悲しそうな横顔をじっと見つめる。

父は、外ではいい格好をしたがる人だったから、辰巳さんの目にも印象よく映ったのだろう。

「でも、それから少し経ったあと、彩月のお父さんの会社が傾き始めた。どうにか融資してくれないかって、うちの父のところにも来たけど……その時、父が『昔なら、お嬢さんを担保代わりにいただいてたりするんですかね』なんて冗談を言っていた」

辰巳さんは、軽蔑するような笑みをひとつ落としてから言う。

「そんなことを言う父も父だとは思う。でも、それに対して『あんな、なんの役にも立たない娘でいいのなら、ぜひ』と彩月の希望も聞かずに、それ以上ないくらいに軽く、ふたつ返事をした彩月のお父さんに……絶望した」

辰巳さんが言った〝絶望した〟という言葉が、その意味以上の冷たさを持っているように感じた。

感情を捨てたような無機質な声に、ぐっと奥歯を噛みしめていると、不意に辰巳さんがこちらに視線を向けた。

意識してなのか、浮かべてくれる微笑みに、気を遣ってくれているのがわかって、胸が痛くなる。

「いつだったか、ペットの話をしたのを彩月は覚えてる?」

「……はい」

しっかり覚えている。

辰巳さんのおうちで飼っていた犬が、近所の人を噛んでしまって、そのために辰巳さんのご両親が犬の処分を決めたこと。そのことをあとから聞いた辰巳さんは、すごくショックを受けて……悲しんでいたこと。

『家族だって言ってたくせに。自分たちの立場を守るためなら、平気で殺す。結局、弱い者が被害者になるんだって思い知った。例えば、俺が犯罪に手を染めたら、実の息子の俺でも切り捨てるんだろうな』

『周りに白い目で見られたとしても、家族なら乗り越えていけるなんていうのは、甘い考えなのかな。シロは……本来ならまだ生きられたのに。俺たちが守ってやらなければならなかったのに。家族に殺されたシロは……どれだけ悲しかっただろう』

きっと、泣きたいくらいに苦しかったはずなのに、それでも微笑みを浮かべようとしていた辰巳さんを、今でもしっかりと思い出すことができた。

その時の感情まで蘇り、悲しさから眉を寄せてしまう。

そんな私を見た辰巳さんは、優しく目を細め……口を開く。

「あの時、俺がいくら騒いでも両親は『仕方ない』のひと言で片づけた。誰も俺の悲しみに寄り添ってくれない中、彩月だけは違った。俺は、あの時彩月と一緒に泣けたから救われたのに、そんな彩月が……優しい心を持っている彩月が、大人の汚い事情で将来を決められるなんて許せなかった」

ギリッと奥歯を噛みしめた辰巳さんが、眉をひそめる。

嫌悪に満ちたその表情は、十年以上付き合いのある私でも初めて見るように険しくて……それだけ辰巳さんの怒りは深いのだと感じた。

「会社同士で、薄汚れたやり取りがあることは知っていたし、会社を維持するためには必要なことなんだとも思っていた。でも……娘でさえ取引の道具にしようとするなんて、さすがに納得できなかった。あの、人のよさそうな彩月の父親でさえ……目の前で簡単に交わされた約束に寒気がしたよ」

そう話した辰巳さんが、ひと呼吸置いてから静かに言う。

「まるで、シロの処分を決めた時みたいだった」

その言葉だけ、ほかとは重力が違うみたいに重く感じた。

悲しく響いた声に唇を引き結んでいると、私が太腿の上に置いていた手を成宮さんが握る。

ハッとして見上げると、成宮さんが心配そうに見ていたから、大丈夫だと頷いてみせてから、私も手を握り返した。

視線を戻すと、辰巳さんが膝の間で組んだ指を組み替えながら続ける。

「会社経営者なんて、みんな似たようなものだと思うには充分だった。どうせ、俺との縁談が成立しなければ、彩月は別の会社との取引に利用されるのかと思って……俺から話を受けた。これ以上、彩月がただの駒みたいに扱われるところを見るのは、耐えられなかったんだ」

「辰巳さんは、今まで一度も私の前で声を荒らげたりしませんでしたけど……それも、私に気を遣ってくれてたからですよね？」

聞くと、辰巳さんは困ったような微笑みで答える。

「彩月のご両親が、よく怒鳴り合いのケンカをしているのは、彩月から聞いて知っていたからね。彩月が嫌な思いをしているのも知ってたし……本来なら彩月のご両親に怒鳴ってやりたいことは何度かあったけど、ぐっとこらえた。俺まで彩月を怖がらせたら、彩月に逃げ場がなくなってしまうから」

そこで一拍空けた辰巳さんが、「でも」と私を見る。

「結局、彩月は俺をわずらわしく思っていたみたいだけどね」

「あ……すみません、私……」

謝ろうとした私を、「いや、彩月は悪くない」と辰巳さんが止める。

「あんな風に、プライベートまで干渉されていたら、誰だって嫌になる。本当は、彩月に安心して過ごしてほしいだけだったのに……加減が難しいな」

自嘲するみたいな笑みを見つめていると、辰巳さんがその笑顔をわずかに歪めた。

「年に何度か彩月の実家に行くのも、親孝行なんかじゃない。ご両親の言動から彩月を守りたいという思いと、ただ『お前らが道具としてしか扱わなかった彩月は、俺の隣でこんなに笑ってる』っていうのを知らしめたかっただけなんだ。……後悔や反省をさせたかったのかもしれない」

辰巳さんはきっと、私に犬のシロを重ねていたように、私の両親に自分の両親を重ねていたのかもしれない。

「このマンションの前で、そこの……彼に言われた時に、悔しいけどハッとしたんだ。今まで必死だったけれど、俺は間違っていたんじゃないかって」

『また、鈴村から自由を奪って窮屈な思いをさせるのが、あなたの望むことですか？それが鈴村の幸せだと、本気で考えているんでしょうか』

あの時、辰巳さんがショックを受けたような顔をしていたことを思い出す。

ギリッと、見ている私まで苦しくなるような、ツラそうな笑みを浮かべた辰巳さんが、私とゆっくりと目を合わせる。

わずかに涙が浮かんでいる瞳に、胸が張り裂けそうに痛んだ。

「目の届かない場所だと、彩月が誰に傷つけられるかわからないからって……困ったけど。でも、手の届くところで飼い殺しにしていたのは、俺だったのかもしれない」

最後、掠れてしまった声に、どうしようもないほど胸が苦しくなり、呼吸が震えてしまう。ふるふると首を振るのに、声が詰まって出てこない。

違う。飼い殺されていたなんてことない。何も知らなかった私が、勝手に不満を募らせていただけで、辰巳さんは最初から優しかったのに……私だけを、気にかけてくれていたのに――。

「もう、大人なのに……いつまでも出会った頃の彩月の面影を見ていた」

私の瞳から涙が落ちると同時に、辰巳さんの頬をひと筋の涙が流れる。まるで、あのパーティーの時のようだった。

「彩月を救いたいと思っていたのに……これじゃあ、俺が彩月の幸せの邪魔をしているみたいだ」

「そんなこと……っ」

「本当は、もっと自由にさせて……彩月自身が傷つくことを知って、乗り越えないといけないのに。すべてから守ろうとしてた」

静かにそう話す辰巳さんに、それまで黙っていた成宮さんが言う。

「『可愛い子には旅をさせろ』ってやつ、本当なのかもな。少し自由にさせて無茶させとかないと、逆ナンなんていう暴挙に出るし」

しみじみ……といった口調で切り込まれた話題に、私はバッと成宮さんを振り返る。しんみりしていた雰囲気を一気に変えられ、涙が引っ込んでいた。

「……急に、何言いだすんですか」

なんとなく辰巳さんには知られたくなくて顔をしかめると、成宮さんは「本当のことだろ」とわからなそうな顔をする。

「お前だって、普段から自由だったら、男を誘おうなんて考えなかっただろ。あまりに押さえつけられてたから、その反動で……って、おい、なんだよ、叩くな」

べしべしと太腿を叩いて抗議する私の手をつかんだ成宮さんが、辰巳さんに視線を移す。

「鈴村は言ってほしくないことみたいだけど、俺はあんたに話しておきたいから伝えておく」

その顔が真面目だから、〝男を誘った〟なんてすごいことをカミングアウトしてくれたのに、責められず、ぐっと黙る。

成宮さんは、辰巳さんをまっすぐ見ていた。

「鈴村は最初、逆ナンして捕まえた俺に、ひどく抱けって言ってたんだ。大事にしてきてくれたあんたを裏切ることになるんだから、ひどくして傷つけてほしいって」

どんな顔をして聞いているんだろう……とチラッと視線を移すと、辰巳さんはわずかに眉を寄せながらも、真剣に聞いているようだった。

成宮さんがふざけて言っているわけではないと、わかっているからだろう。

「最初はよくわからなかった。親が勝手に決めた婚約者相手に、何そんな気遣ってんだって。……でも、今の話聞いててようやくわかった。理由のわからない執着に鈴村は戸惑ってもいたけど、その裏でちゃんとあんたの優しさを感じてたってことだろ」

ハッとし、息を呑んだ私の視線の先で、成宮さんが続ける。

「そうじゃなきゃ、裏切ることに罪悪感なんか覚えない。あんたの想いは、ちゃんとこいつに届いてた」

堂々と言う成宮さんに、辰巳さんは驚きから目を見開く。

本当に、成宮さんの言葉にはいつだって嘘がなくて……すんなりと心の中に落ちるからすごい。本人からすれば、単純に思ったことを言っているだけなんだろうけれど、その純粋な言葉は人の気持ちを惹きつける力を持っている。

もう止めることは諦めて呆れ笑いを浮かべていると、成宮さんが言う。

「俺もこいつが大事だから。今まで、自分を顧みずにこいつを守ってきてくれたことに、礼を言う」

突然の言葉に呆然としながら成宮さんを見上げて……慌ててうつむく。真剣な眼差しを見てしまったせいで、頬が熱を持つから、それを手で隠した。

『そんなことまで言わなくていいのに……』と思い、チラッと視線を移すと、辰巳さんは目をパチパチとしばたたかせてから、ふっと表情を緩めた。

「君に言われることでもない。俺が勝手にやってきたことだ」

そう言った辰巳さんが、「それに……」と続ける。

「もう彩月を自分のものだと思い込んでいるようだが。俺の思いを知った優しい彩月が、俺のもとに戻ってくると言いだす可能性も、なくはない」

口の端を上げた辰巳さんの挑発に、成宮さんは「は……？」と小さく漏らしたあと、顔を歪める。

そんな成宮さんを見た辰巳さんは「冗談だ」と満足そうに笑った。そして、それから私を見る。優しい眼差しを受け、黙って視線を返していると、辰巳さんが告げる。

「彩月は、これから自由にするといい。ご両親には、俺から話をつけるから」

「自由にって……でも……っ」

つまり、婚約解消ということなんだとわかり、慌てて口を開く。だって、私は父の会社のために辰巳さんの家に渡されたって話なのに、そんな勝手なことをしていいのかわからない。

辰巳さんの立場を悪くしてしまうんじゃ……と心配していると、辰巳さんが言う。

「俺が、個人的な感情から婚約を解消したと、うちの父に伝えればなんの問題もない。もちろん、彩月のお父さんの会社に悪影響もないようにするから、心配しなくていい」

「でも、それだと辰巳さんが……」

「それも問題ないよ。もともとうちの父は、この婚約に関してはどちらでもよさそうだったから。ただ、俺が望んだからってだけだしね。気が変わったって言えば、少し呆れられるかもしれないけど、それだけだ」

目を細めた辰巳さんが、私を見て続ける。

「納得いかないなら、これは今までの罪滅ぼしだとでも思ってくれればいい。俺は、彩月が幸せならそれでいいんだ。なのに間違った守り方をして、本当にごめん」

申し訳なさそうな微笑みに、ぶんぶんと勢いよく首を振った。謝られる必要なんてない。

「私、辰巳さんがそんなことを考えてくれてるなんて、想像したこともなくて……。ずっと私のことを思ってくれていたのに、気づけなくてごめんなさい。ありがとう」

瞳に浮かぼうとする涙をなんとか我慢して、笑顔を作る。

今までの感謝を込めて微笑み、お礼を告げると、辰巳さんは驚いたように目を見開き……それから、笑みをこぼした。

「今までずいぶん一緒にいたのに、彩月の心から笑った顔を初めて見た気がするよ。その顔が見られただけで充分だ」

そう笑った辰巳さんの声は、いつもよりも少しだけ弾んで聞こえて……温かい気持ちで胸がいっぱいになった。

辰巳さんと和解してからというもの。それまでよりも距離感はだいぶ近くなった気がする。もちろん、会う頻度だとかは前よりも減ったし、定期的でもなくなったのだけど。

私に対する立ち位置を、婚約者から兄のような存在に変えた辰巳さんは、成宮さんの部屋を思い出したように訪ねてくるようになった。

「彩月を幸せにしてくれる男なら、もちろん文句を言うつもりはない」

「とか言いながら、しょっちゅう邪魔しに来るのやめろよ。大体、あんた、こいつのこと好きだったんじゃねーの？　俺は正直、まだ諦めたのか疑問なんだけど」

和解してから一ヵ月が経った、土曜日の午後。

ケーキを持ってきてくれた辰巳さんに成宮さんが咬みつくと、辰巳さんは爽やかな笑顔を浮かべて答える。

あの一件があって以来、辰巳さんは何か吹っ切れたようで表情が明るくなったし、性格も若干、変わった気がする。こう……少しふざけた、というか、くだけたというかそんな感じだ。

本来の辰巳さんはこうなのかもしれないと思うと、なんだかホッとする。成宮さん相手だと、地が出せるのかなって。

「俺は、彩月さえ笑って過ごせるならそれでいい。もちろん、俺も彩月が望むのなら恋愛対象としても、充分見られるけどね。……でも、こんな年上じゃ彩月が嫌かな」

傷ついたような微笑みに「そんなこと……」と言いかけてから、成宮さんにチラッと視線を移し、続ける。

「そんなことはありません。辰巳さんは紳士的ですし、とても素敵です。……ただ私はこの人がいいってだけで」

辰巳さん相手にこういう話をするのは、身内相手に恋愛話をしているようで恥ずかしい。

だから目を泳がせながら話すと、辰巳さんは困り顔で笑った。

「そこまでハッキリ言われちゃうとね。心配しなくても、彼から彩月を奪おうなんて考えていないから、安心してくれていい。ただ、俺はやっぱり彩月が大事だから……そうだな、兄のような存在として心配させてくれると嬉しい」

「それは、もちろん……ありがとうございます」


あの話し合いがあってから、辰巳さんはすぐに婚約の解消をしてくれた。

辰巳さんのご両親は、辰巳さんの言っていた通り『気が変わってお互いが納得したうえなら仕方ない』という反応だったけれど、私の両親はやっぱり『どうにかこのまま結婚できないか』と粘ったらしい。

私が辰巳さんと結婚すれば、辰巳さんの会社は無条件に、うちの会社を支えると考えているんだろう。そこを辰巳さんが、そんなことしなくてもこれからも支えていくと伝え、なんとか納得させたという話だった。

お母さんからは『だから機嫌を損ねないように、って言ったじゃない！』と怒りの留守電が入っていたけれど、その電話を折り返してはいない。

そのことを話したら、辰巳さんはそれでいいと笑っていた。

『もしかしたら、ご両親は困った時に彩月を頼ってくるかもしれないけど、俺は正直、応える必要は一切ないと思っている。まぁ、彩月の判断に任せるけど……決してひとりでは決めないように。俺か……最悪、そこの彼に相談することを約束してほしい』

〝そこの彼〟なんて、わざと呼んだ辰巳さんに、成宮さんは笑顔を引きつらせていたけれど、意見だけで言えば辰巳さんに賛成だということだった。

傍から見れば、私の両親は結構ひどく映るのかもしれないし、あまり愛されていない私は同情されてしまうのかもしれない。でも、こんな風に、成宮さんと辰巳さん、ふたりに過保護にされている自分を、不幸だとは思わなかった。

『もともと結婚願望はないし、恋愛はいいかな。これからはそうだな……うちの会社の規模を倍にすることを目標にやっていこうかな。人の感情を物みたいに扱うのは嫌いだけど、策略を巡らせてこちらに有利になるよう話を持っていくのは、好きみたいで楽しいんだ』

そんな話をした辰巳さんが帰っていったのが、十分前。

使った食器を洗う私の隣では、成宮さんがお皿を拭いてくれていた。

昼下がりの暖かい日差しが差し込む部屋には、とてものどかな雰囲気が流れていた。

「これ終わったら、お前の部屋の荷物まとめに行くか」

「そのつもりですけど、ひとりで大丈夫ですよ」

「いや、俺も行く。で、帰りにスーパー寄って夕飯の材料買ってくれれば、ちょうどいいだろ」

一週間前に成宮さんに正式に同棲しようと誘われ、少し迷ったけれど、頷いた。それから、時間を見つけて少しずつアパートの部屋を片づけているから、今日で大方終わりそうだ。

スポンジに洗剤をつけ足すと、隣で見ていた成宮さんが言う。

「お前、肌弱そうだし、手、荒れないか？　食洗機使えばいいのに」

「これだけの量なら、必要ないです。それに、軽く汚れを落としてから食洗機にかけるなら、もう洗っちゃったほうが早い気がしてしまって」

この部屋のシステムキッチンには食洗機がついているけれど、数人分の食器をわざわざそこに入れる気にもならない。

「成宮さんこそ、別に拭いてくれなくて大丈夫ですよ」

「鈴村が食器洗ってるのに、ひとりで座ってる気にもなんねーんだよな。もう習慣みたいなもんかもな」

キュッキュッと音をたててお皿を拭きながら言う成宮さんに、ふっと笑みをこぼす。

「成宮さんは、いい旦那さんになりますね」

深い意味はなかった。

ただ、成宮さんは私が重たい物を持っていれば代わってくれるし、家事だって手伝ってくれるし、面倒見もいい。

そういう部分から出る、当然の感想だっただけだ。

だけど、少し間を置いた成宮さんが「それ、逆プロポーズ？」なんて私の顔を覗き込んできたりするから、一気に意識してしまう。

「そういうつもりじゃ……」

「俺を旦那にしてみるか？」

出しっぱなしになっていた水を、成宮さんが止める。

でも私の手には、まだ泡がついたままだ。

下手に動いて床に泡が落ちてしまうのが嫌で、成宮さんが距離を縮めて迫ってきても、大人しくしていることしかできなかった。

目の前まで迫った成宮さんが、触れるだけのキスをし……わずかに距離を取ると、ニッと口の端を上げる。

のどかだったはずの雰囲気が、一気にしっとりと色づく。

「……どうする？」

色気の含まれた低い声に問われ、頭の奥がとろけだしたのを感じた。

私の足に、もう鎖はない。それは、隠れた優しさが見せていた幻だと気づいたから。

自由になった未来。

好きな場所にいていいのなら……私は、この先も成宮さんの隣にいたいと思った。

「いつか、そうできたらいいな、とは……正直思います」

私が未来の希望を言葉にしたからか。成宮さんはふわっと柔らかく微笑んで、もう一度近づく。

「じゃあ、〝いつか〟俺の嫁になるって約束な」

たっぷりと時間をかけてキスしたあと、成宮さんは「その時が来たら、今度は俺からプロポーズする」と嬉しそうに笑う。

広がる未来がキラキラと輝いて見え……幸せを噛みしめるように笑顔で頷いた。

特別書き下ろし番外編
甘い束縛

「俺のこと〝ひどい〟って思ってる？」

「へー。彩月ちゃん、料理教室通うんだ」

「はい。来週から」

梅雨(つゆ)が明けた、七月下旬。土曜日。

夕方から遊びに来ていた慶介さんが『ピザ取ろうよ』と言いだしたため、ダイニングテーブルの上には二枚のピザが並んでいた。

ほかに頼んだサイドメニューは、サラダ二種類とグラタン、山盛りポテト。デザートには、アップルパイのホールとバニラアイスが控えているという、豪華ラインナップだ。

私の隣に座る成宮さんの手には四切れ目のピザが持たれ、その向かいに座る慶介さんは、三切れ目を平らげたところでポテト担当に移っていた。

最近になって気づいたけれど、成宮さんはレトルトだとかテイクアウトした物はそこまでの量は食べない。人一倍食べるのは家で作った時だけだ。

……つまり、どう考えてもこの量は頼みすぎだった。

　今、私が手に持っているピザは三切れ目だ。Mサイズならまだしも、Lサイズ……。お腹はもうかなり限界に近かった。

「職場の先輩がひとりじゃつまらないっていうので、付き合いで。申し込んだのはお試しコースなので、三回で終了ですけど」

『一緒に行こう。っていうかついてきて！』と矢田さんに誘われたのは先週。『お試しコースなら会費は材料込みで二万円だし、評判もいい教室だから』と熱心に誘われてしまえば、頷くしかない。

　普段、お世話になっている矢田さんの頼みだし、それに成宮さんが私の手料理をいつも残さず食べてくれるから、レパートリーを増やせたらと思ったからだ。

　せっかく作るなら、おいしいって喜んでもらいたい。

「この辺で料理教室ってなると、どこ？　近くにあったっけ？」

　ポテトをつまみながら聞かれ、「駅前です」と答えると、慶介さんは「ああ、あそこの！」と激しく反応する。興奮ぶりから、どうやら知っている場所らしかった。

「お前、知ってるのか？」

「知ってる知ってる！　行ったことはないけど、あそこの教室の先生が男だって聞いて『うわ』って思ったから」

「あ、男の先生なんですね。でも、なんで『うわ』なんですか？」

私も思い込みから、てっきり女性の先生だと思ってはいたけれど、先生が男性だと聞いても『うわ』とまではならない。

だから首を傾げると、慶介さんは頬杖をつきながら「だってさー」と口を尖らせた。

「料理教室を開く男って、下心でしかない感じしない？」

「……すごい偏見ですね」

呆れて笑うと、隣に座っている成宮さんも同じように笑う。

「料理人ってほとんど男なんじゃねーの？　お前の行きつけの店だって、どこもシェフは男だろ」

「男性は何度作っても同じようにでき上がるから、って聞きますよね。女性はホルモンの影響で、その時によって微妙に味が変わってしまうって……。母親や奥さんの手料理を何度食べても飽きないのは、毎回微妙に味が違うからだって何かで見ました」

確か、最近よく放送されている雑学番組で見たんだっけ……と考えていると、慶介さんが驚いた顔で「へぇ！　そうなんだ！」と感心した声を出す。そして、ひとしきり「なるほど……でも確かに」と納得したあと、ハッとして話題を戻した。

「いや、感心しちゃったけど、そうじゃなくて。俺はシェフのことじゃなくて、料理教室を開く男について、もの申したいんだよ」

「何を？」

五切れ目のピザを食べ終えた成宮さんが、親指の先についたソースをぺろりと舌で取りながら聞くと、慶介さんは「だってさ」とテーブルに身を乗り出した。

「受講者なんて女の子ばっかじゃん。花嫁修業したい若い女の子から、時間を持てあました人妻までが、ひとつの部屋にぎっしりでしょ？　もう端から食っていってやろう、っていう下心しかないよ。大丈夫？　彩月ちゃんも食われちゃうんじゃない？」

いたって真剣な表情で聞いてきた慶介さんに、成宮さんは怪訝そうに眉を寄せる。

「お前……彩月の前なんだから、もっと言い方考えろよ」

「だって心配じゃん。アッキーだって嫌なんじゃないの？」

空になったサラダのプラスチック容器を片づけるために、席を立つ。ゴミを捨てたついでに、冷蔵庫の中から二リットルの炭酸ペットボトルを取り出した。

ピザを頼んだら、おまけでついてきた物だ。

成宮さんと慶介さんのコップに、コポコポと炭酸飲料を注いでいる間も、ふたりの会話は続いていた。

「マンツーマンで教えるって言うなら止めるけど、ひとつのクラスに生徒が八人もいるなら、そんな心配いらないだろ」

成宮さんの言う通り、ひとクラスの生徒は八人以上だ。上限は十二人で、八人に達しなかった場合は、別のクラスに振り分けるんだと矢田さんが説明してくれた。

……でも。

「私、そんなこと話しましたっけ？」

料理教室に通おうと思うと伝えはしたけれど、そこまで詳しくは話した記憶がない。

だから不思議になって聞くと、成宮さんがコップに手を伸ばしながら言う。

「先週、料理教室に通うって話してたから、どんな場所かネットで調べた。駅前に新しくできた教室だろ？　お前が言ってた通り、ネット上の評判も悪くなかった」

「調べてくれたんですか……」

当人の私でさえ、矢田さんに聞いただけでわざわざ調べたりしなかったのに……と驚くと「軽くだけどな」と返ってくる。

そんな様子を見ていた慶介さんは、まるでのろけ話でも聞かされたみたいな顔をして「なんだ。アッキーも心配だったんじゃん」とピザに手を伸ばす。

「心配っていうか……彩月が行く場所なんだから、どういう雰囲気なのか調べるくらい当たり前だろ。せっかく行くなら楽しんでほしいし、嫌な思いはさせたくない」

真面目な顔してハッキリと言い切った成宮さんに、慶介さんは「はいはい」と適当に相槌を打ち……それからまだ三割残っている料理を前に顔をしかめた。

「これ、さっきから全然減ってない気がしない？」

「お前が頼みすぎなんだろ」

「だって頼んだ時は、すげーお腹減ってたんだよ。アッキーは外食だと戦力外なの、忘れてたし」

頭を抱えた慶介さんに、成宮さんが「食べ切ってから帰れよ」と追い打ちをかける。

身体をずらし、椅子の背もたれに腕をかけている様子から、成宮さんはもうピザを食べるつもりはないみたいだった。

外食だと本当に普通の量しか食べないなぁと思い眺めていると、成宮さんがこちらに視線を移す。

「料理教室、楽しめるといいな」

目を細める成宮さんに「はい」と頷きながら笑顔を返す中、慶介さんが減らないピザに苦しんでいた。

結局、ピザを食べ切れなかった慶介さんが、ソファで一泊していった日から一週間。

青空から容赦なく地上に降り注ぐ夏の日差しは、いくら日傘を差していても存在感充分だった。

白いブラウスも紺色の膝丈スカートも、生地(きじ)はとても薄いのに、少し歩いただけで背中にじわりと汗が浮かんでいた。いつもは下ろしっぱなしの髪を、後ろでひとつにまとめてきて正解だった。

土曜日の午後。

向かっているのは駅前の料理教室で、矢田さんからの説明によれば講師は折原(おりはら)先生というらしい。歳は私と同じくらいで、顔立ちが整っている、いわゆるイケメンって話だ。

丁寧な指導はもちろん、明るい性格や外見のよさも人気を後押ししているらしい。

受講者は人妻が圧倒的に多いと聞いた時には、失礼ながら慶介さんが言っていたことが頭をよぎって、苦笑いをこぼしてしまった。

駅前に建ったばかりのビルの一階にある教室は、もう目と鼻の先まで近づいている。

レンガ調の外壁には大きな窓がはめ込まれていて、中の様子を窺うことができた。

シルバーに光る作業台は四台。それぞれをペンダントライトが照らしていた。

中には、すでに数人の生徒さんの姿が見える。

「折原先生、まだ若いのよ。専門学校を出て数年は、イタリアンの厨房にいたらしいんだけど、辞めて料理教室開いたんだって。ご両親も料理人で、折原先生が小さい頃から厳しく指導されてたって話よ。ほら、この人。フルネームは折原正志さん」

教室の前で立ち止まった矢田さんが、スマホを見せてくる。

画面いっぱいに写っているのは、確かに美形の男性だった。人気が出るのもわかる。

……けれど。

「〝折原正志〟……？」

聞き覚えがある名前に、眉を寄せた。それに、この顔……。

「——あれ？　鈴村……？」

パッと顔を上げて驚く。それは、今スマホで見ていた顔がすぐそこにあったからという理由もあるけれど……実物を見て、ああやっぱりと思ったからだ。

一七〇半ばの身長にひょろっとしたスタイル。少し吊り上がっている目のせいで、高校の頃は下級生に怖がられていたっけと思い出す。……まぁ、その頃の折原くんは不良生徒だったから、おっかない顔に見えたのは素行のせいもあったのだろうけれど。

今の彼は、若干強面には見えるものの、高校時代にあったような近づきにくい雰囲気は感じなかった。短髪の黒髪も、白いＹシャツも腰に巻きつけた黒のエプロンも清潔感に溢れている。

「久しぶり……折原くん」

笑顔を作ると、折原くんは「懐かしいなー。五年ぶりか？」と白い歯を見せた。


折原くんと出会ったのは、高校三年生の時だ。

同じクラスになったのだけれど、不良生徒だった折原くんと目立たない私とでは、もちろんグループも違ったたし、そもそも折原くんの出席日数は半分程度だったから、話す機会なんてほとんどなかった。

ただ同じクラスだってだけで、折原くんが私の名前を覚えていなくても不思議はないくらいの距離があった。

一方の私は、折原くんの存在をしっかり認識していた。折原くんには『煙草で停学』だとか『殴り合いのケンカをして警察を呼ばれたらしい』だとか物騒な噂があとを絶たなかったし、クラスどころではなく、学校中の有名人だったたから。

……もっとも。私がそんな折原くんを今でもしっかりと覚えていたのは、高三の二学期が原因だけど。

『鈴村って、いつもつまらなそうじゃん。なんか〝不満たまってますー〟って顔してるよな』

　体感的にも夏が終わり、季節を秋に変えた十月半ば。

　授業が終わり、一時間が過ぎた一六時半、私は図書室にいた。その日は辰巳さんに迎えに来てもらい、そのまま夕食に行く約束だったから、待ち合わせまでの時間を潰していた。

　図書室を利用する生徒は極端に少ない。その日も当然のように無人の図書室でゆっくりと時間を過ごしていたのだけど、その、ひとりきりの空間は珍しく破られることになった。

　面倒臭そうな顔をして、図書室に入ってきた折原くんによって。

『触らぬ神に祟りなし』と無言を決め込んだ私に話しかけてきたのは、意外にも彼のほうからだった。

　どうやら授業をサボッた罰として、図書室の本の整理をするよう言われたらしい。もしこれもサボるようなら親に連絡を入れると言われ、仕方なくということだった。

　サボッてばかりなのに親に連絡がいくのは嫌なのか……と思いながら相槌だけ打っていると、そんな私をじっと見たあと、折原くんが言ったのがその言葉だ。

『鈴村って、いつもつまらなそうじゃん。なんか〝不満たまってますー〟って顔してるよな』

窓際の席に座る私と、ダラダラと本を棚にしまう折原くん。

傾いた太陽が空間をオレンジに染める中、彼の目はまっすぐに私を見ていた。

『……そうかな』

『そう。〝人生こんなもんでしょー〟って達観してるみたいで、見ててイライラする』

この頃私は、両親や辰巳さんに周りを囲われ、ただ時間を消費するだけの毎日を送っていた。だから思い当たる節はあったのだけれど……授業にさえあまり出ない折原くんがよくそんなことに気づいたなと、言われたひどい言葉よりもそっちに驚いた。

『お前さぁ、毎日楽しくないだろ』

『……それ聞いてどうするの？　イライラさせたなら、ごめん。でも、だったらもう話しかけてくれなくていいから』

わざわざこんな風に話しかけられて、文句を言われても困る。

『もう行かないといけないから』

間もなく辰巳さんが迎えに来る時間だから、帰り支度をして図書室から出る。靴を履き替えて校門まで歩いたところで、『待てよ』と後ろから肩をつかまれて驚いた。

どうやら追ってきたらしい。

『……どうしたの？』

わざわざ追ってきた理由がわからずに聞くと、折原くんはバツが悪そうに表情を崩し『そうじゃねーよ』と呟いた。それから再び私と視線を合わせる。

『俺が言いたいのは、もう話しかけないとかそういうことじゃねー。なんか、似てるんだよ。よくわかんねーけど、なんかを諦めてる部分が俺と――』

折原くんが言いかけた時、校門前に車が停まり、助手席側のウィンドウが下げられる。辰巳さんだった。

『ごめんね、折原くん。行かなきゃ……』

『俺はお前と同じだから』

『え？』と立ち止まった私に、折原くんは『それだけ覚えとけよ』と一方的に言い、背中を向けた。言葉の意味はわからなかった。

その日を境に、折原くんはたまに私に話しかけてくるようになった。でも、ほとんどが『つまらなそうでムカつく』みたいな感じで、そのうちにそれもなくなり、それから折原くんと話したことは一度もない。

卒業後、友達伝いに折原くんが調理師専門学校に通っていると聞いたけれど、『あんな感じで二年も通えるのかな』って考えたことを覚えている。

そんな折原くんが、今は料理教室を開いているのか……と、ぼんやりと帰り支度をしていると、隣で支度を終えた矢田さんが「折原先生、写真より断然いいよね！」と耳打ちしてくる。

外したエプロンと、今日作った料理をバッグの中に入れながら、視線をドアのほうへ移す。

教室を出ていく生徒を笑顔で送り出している折原くんは、昔とは別人みたいに柔らかい雰囲気をまとっていた。

「人妻がささやかな癒しを求めてここに来るの、わかるなぁ。折原先生、爽やかだし。高校の頃も絶対モテてたでしょ？　体育祭とかクラスの中心になって頑張ってそうってイメージなんだけど、どんな感じだった？」

ワクワクした顔で聞かれ、返答に困る。

折原くんは、そういう行事は基本無断欠席してたけど……。

「そう、だったかもしれないですね……？」

教室の評判もあるし、そういうことはあまり言わないほうがいいんだろうと判断する。でも、目ざとい矢田さんが「なんで疑問形なの？」とツッコんできた時、「鈴村」と名前を呼ばれた。

見れば、生徒の見送りを終えた折原くんが、「ちょっと話があるんだけど、いい？」と笑いかけていた。

残った私たちを気にかけながらも、教室を出ていった矢田さんに、ガラス越しに手を振る。路地を通る人が、チラチラと教室内を覗き見していくから、視線が落ち着かなくてガラスに背を向ける。

折原くんは作業台に何やら洗剤らしき物を吹きかけ、そこを布巾で丁寧に拭いていた。昔は掃除なんてサボッてばかりだったのに……と感心していると、折原くんが私を見る。

「料理教室どうだった？　わかりづらいところなかった？」

「大丈夫。わかりやすかったし、家でも作りたいなって思えるメニューだった」

今日作ったのは、ハッシュドビーフにひよこ豆のサラダ、ポテトグラタン。

ハッシュドビーフには、干しシイタケを入れると旨味が出るってことは初耳だったし、今日にでも作って成宮さんに食べてもらいたいと思っているほどだ。

「そっか。よかった」

ホッとした表情を浮かべる折原くんを見て、『本当に昔とは変わったなぁ』と思いながら口を開いた。

「折原くんの教室、すごく人気があるんだって聞いたよ」

「まぁね。俺、もともと顔はいいし、今は人当たりもいいから」

「……高校の頃は、人当たりあんまりだったもんね」

仲間内でどうだったのかは知らないけれど、少なくとも、私相手にはよくなかったと思う。

折原くんは自覚があるのか、作業台を拭く手を動かしながら苦笑いを浮かべた。

「俺にもいろいろあってさ。あの頃は現実逃避したくてたまらなかったっていうか、毎日が窮屈で、暴れなきゃやってられなかったんだよ」

そう話す姿を眺めて、そういえば折原くんの家は両親が料理人で厳しかったとか、さっき矢田さんが言ってたなと思い出す。

家が息苦しいという感覚はわかる気がして、「そっか」とだけ相槌を打った。

高校の頃はいちいちピリピリしていたように思えるけれど、今はそんな名残はどこにも見つけられなかった。口調も声色も、ずいぶん柔らかくなったイメージだ。

「心配しなくても、折原くんが不良生徒だったとか、過去を言い触らして教室の評判を下げようなんて思ってないよ」

私を呼び止めたのは、その辺の釘を刺すためだったんだろう。商売でやっているんだし、口コミは大事だって聞くから。

そう推測して言うと、折原くんは安心したように笑った。

「そう言ってくれると助かるよ。いや、俺、今は本当に心入れ替えて頑張ってるから、そこんとこは本気でよろしく頼みたい」

本当に別人みたいだ。

「わかった」

大きく頷いて見せた私を、折原くんがじっと見つめてくる。さっきまでと違い、何か言いたそうな顔に、どうしたんだろうと思っていると、少しの間を空けたあとで折原くんが口を開く。

「鈴村は、俺のこと〝ひどい〟って思ってる？」

脈略のない問いかけだったから、すぐになんのことかはわからなかった。でも、折原くんの、少し怯えているような真面目な瞳を見ているうちに、ああ……と理解する。

ふっと息をつき、視線をガラスに移すと、ビルの間に沈もうとしている太陽が見えた。

「私に『つまらなそう』とか『イライラする』って言ってたこと？　そんなの忘れてるかと思ってた」

言われた側の私は覚えていても、折原くんは違うと思っていた。

そう言うと、彼は自嘲するような笑みをこぼす。

「俺、記憶力いいんだよ。特に鈴村関係はよく覚えてる。突然現れた辰巳とかいう婚約者に〝彩月に近づくな。君じゃ釣り合わない〟って言われたこととか」

初めて聞いた話だったから驚いた。でも、あの頃、辰巳さんは私にもよく『付き合う相手を考えたほうがいい』みたいなことを言っていたから、きっと事実なんだろう。

私を守ろうとして、そういう行動に出たんだと、今なら簡単に理解ができた。

「ごめんね。あの頃、辰巳さん、ピリピリしてたから……」

「いや、俺もあの頃ハッキリ言って不良生徒だったし。ああ言われても当然だった。まぁ……なんていうか、あの頃は悪かった」

気まずそうに、でもきちんと謝ってくれた折原くんが、隣の作業台に移り、台に洗剤を吹きかける。

それから「あの婚約者、元気？」と聞くから頷いた。

「へぇ……。そろそろ結婚とか、そういう話が出てるとか？」

探るように聞かれ、首を横に振る。

「婚約は解消になったから」

　そう答えると、折原くんは手を止め、「え……」と小さく漏らした。そのあと、ハッとして取り繕うみたいな笑顔を浮かべる。

「ああ、そうなんだ……へぇ」

　驚かせてしまったみたいだった。でも、婚約解消なんて聞けば、こんな反応にもなるのかな、と思いながらバッグを肩にかける。そろそろ帰って夕飯の支度をしないと。

「じゃあ、私はこれで。高校時代のことは言わないから、安心して」

　この話だけすればよかったのに、ずいぶん余計なことまで話してしまった。時計を確認しながら告げると、折原くんは「ああ。また来週な」と笑顔を作った。

「嫉妬なんでしょうか」


土曜だっていうのに、休日を返上して出勤していた成宮さんが帰ってきたのは、一八時半だった。

スーツを脱いだ成宮さんがダイニングテーブルに着いたところで、ランチョンマットやスプーンを並べていく。

それから、ガラスでできた鍋敷きをテーブルに置き、その上にハッシュドビーフの入った鍋を載せた。サイドメニューも今日習ってきた物ばかりで、目新しい。念のため、それだけじゃ足りない可能性を考えて、帰りがけに買ってきたパンも並べた。

「へー。同級生だったのか」

白いお皿に、ハッシュドビーフをよそいながら頷く。

「はい。知らなかったのでびっくりしました。……あ、準備できたので、どうぞ」

「ん。いただきます」

ふたりで手を合わせ、ハッシュドビーフにスプーンを入れる。教室で習った通りに作ったし、おいしくできたはずだけど、どうだろう。初めて出すメニューだし、成宮さんがおいしく感じてくれるかが気になり、ドキドキしてしまう。

成宮さんは、そんな私の視線なんて気づかない様子で、スプーンを口に運び……そして、私を見て目を細める。

「うまい」

たったこれだけの言葉と表情だけで私をここまで満たす人は、成宮さんだけだ。じわじわと多幸感で溢れる胸に、改めてそう思う。

「よかったです。これ、今日習ったばかりなんですけど、教室で試食してる時からずっと、成宮さんに食べてほしくて仕方なかったので嬉しいです」

ニコリと笑うと、成宮さんは半分照れたような、あと半分は呆れたような笑みを浮かべて目を逸らす。

「お前……急にそういう可愛いこと言うのやめろよ。返事に困る」

耳を赤くしながらも、パクパクと食べてくれる成宮さんに微笑んでから、私も改めて「いただきます」とスプーンを口に運んだ。

成宮さんがたくさん食べてくれたおかげで空になった鍋を洗っていると、お風呂を済ませた成宮さんが隣に並ぶ。休みなしで六日間連続勤務は疲れただろうと思い、てきた。
『ゆっくりお風呂入ってきてください』と勧めたのに、成宮さんは十分もしないで出
「カラスのなんとかですね」
「夏場なんんか、そんな長く入ってられないだろ」
「私にはしっかり浸かれって怒るくせに……それにドライヤーだってうるさいのに」
私が洗い物をする隣に立ち、水をぐいっと飲む成宮さんが首にかけたタオルには、
髪から水滴が落ちていた。
多分、適当にガシガシ拭いただけだ。
「俺は頑丈だから」と自分を棚に上げて笑った成宮さんが、コップを置き、布巾を持
つ。食器を拭いてくれるつもりみたいだった。
「あ、いいですよ。せっかくお風呂入ったのに……」
「キレイになった皿拭くだけだし、問題ない」と、私の言葉なんて聞かずにさっさと
お皿を拭きだしてしまった成宮さんは、「そういえば、料理教室の同級生ってどんな
ヤツ?」と聞いてくる。
だから、遠慮することは諦めて、スポンジに洗剤を足しながら答える。
「高校の頃は出席日数がギリギリで、授業もまともに受けていないような男子でした。

なのに……ずいぶん、しっかりしていてまるで別人みたいでした」

「まぁ、もう社会人だからな。男ならなおさらしっかりするかもな」

「そうかもしれないですね」

残ったお皿を手に取りながら、今日のことを思い出し、ふっと笑みをこぼした。

「彼……折原くんっていうんですけど。高校の頃、私を傷つけるようなことを言ったのを今まで気にしてくれてたみたいで……。絶対に忘れてると思ってたのに、今日わざわざ謝ってくれて驚きました」

最後の一枚を洗っていると、少しの間のあと「教室の最中に話したのか？」と聞かれるから、授業後に呼び止められて少しだけ話したことを説明する。

「へぇ……」

「あと二回ですけど、折原くんの教え方わかりやすかったので、楽しみです。新しいメニュー覚えてくるので、待っててください」

成宮さんに笑顔を向けてから洗ったお皿を水で注ぎ、作業台に置く。それから私も拭こうと、布巾を取り出したところで突然後ろから抱きしめられて驚く。

どうしたんだろう……と思い振り向くと、成宮さんは私の肩口に後ろから顔をうずめていた。

まだ半分濡れたままの髪が頬に当たる。

「成宮さん？」

布巾を作業台に置き、乾き切っていない髪を撫でる。すると成宮さんはしばらくそうしたあと、ゆっくりと顔を上げると私を見た。

いつも、この目を見るのはベッドの中だけだった。見つめられるだけで私の中の欲に火をつけてしまうくらいに、大きな熱を持った瞳がそこにあって息を呑む。

成宮さんの眼差しだけで、今までの空気はガラッと色を変え、肌にしっとりとまとわりつくように潤っていた。

お腹に回っている腕がわずかに動いた気がして、ビクッと肩がすくんでしまった。

「あ、の……キッチンですよ？」

戸惑いながらも笑顔を作って言ったけれど、成宮さんは「……うん」と、小さな声で言っただけだった。

聞いているんだか、いないんだかわからない返事に困惑していると、伸びてきた手で顎を固定され、そのままキスされる。

「ふ、ぁ……っ」

後ろを振り向きながらの体勢が苦しい。

それは成宮さんもわかっていると思うのに、解放してくれなくて……こんな様子は珍しかった。いつだって、私を気遣ってくれる人だから。……何かあったのだろうか。

「成宮さ、ん……あっ」

腰に巻きついていた手がエプロンの中をゆっくりと動く。背中に感じる成宮さんの体温は、お風呂から上がったところだからかとても熱くて、徐々にその熱が私にも伝染するようだった。

「彩月……」

何度もキスしながら呼ばれた名前が……成宮さんの声が。いつもと少し違って思えたのは私の気のせいだろうか。

成宮さんは、なんだかおかしかった気がした。だから、もしかしたら私が折原くんの教室に行くのが嫌なんだろうか、と考えて話題に出したのだけど。

「いや、せっかく楽しいみたいだし、続けたほうがいい。俺も新しい料理とか楽しみだし、何より、俺にいちいち聞く必要もない。彩月が好きに決めてくれてかまわない」

笑顔でそう言い切られてしまえば、それ以上は何も聞けなかった。

言われたことは、いかにも成宮さんらしい意見だし、本心だとも思う。付き合う前から成宮さんは私に『もっと自由になんでもしていい』と言ってくれていたし。第一、自分の気持ちを隠して嘘をつく人じゃない。

そう思うのに……なんとなくだけど、笑顔がいつもと少しだけ違う気がして、それが引っかかって仕方なかった。


「へぇ。彼でも嫉妬するのか」

「嫉妬……なんでしょうか……」

木曜日の夜。

私は高級和食店にいた。

『たまには食事でもどう？』と誘ってくれた辰巳さんが連れてきてくれたのは、何度も一緒に来たことのある和食店で、店に入ると当然のようにいつもの個室に通された。

もしかしたら、辰巳さんが予約しておいてくれたのかなと思い聞いたけれど、そういうわけではないらしい。店の一番奥に位置するこの個室は、どうやらお得意様用に取ってあるようだった。

コース料理が半分まで来た辺りで、成宮さんのことを相談した私に辰巳さんが言ったのが、〝嫉妬〟という言葉だった。

Ｙシャツにネクタイ姿の辰巳さんは、日本酒を飲みながら微笑む。今日は珍しく愛車ではなくタクシーで迎えに来てくれたから、最初から飲むつもりだったんだろう。

「彼が嫉妬するなんて意外、って顔だね」

「そういうわけでは……いえ、そうかもしれません。成宮さんはとてもおおらかな人ですし、料理教室の先生が同級生だってくらいで、嫉妬したりはしないかなって」

イサキの煮物を口に運びながら、嫉妬……と考える。

以前、慶介さんの香水が私に移ったことがあって、その時は少しやきもちを焼いていたのかもしれないけれど……思い返してみてもそれだけだ。

それ以降、想いを通じ合わせて一緒に住み始めたから、やきもちとは無縁だったって言えばそうだけれど。私は異性に好かれるようなタイプではないし。

でも……今までは機会がなかっただけということにしても、あの成宮さんがこんな些細なことで、という思いは消えなかった。

ひとり考えていると、辰巳さんがコトンとグラスを置く。

夏を感じさせるすりガラスのグラスの中で、透明な日本酒がわずかに揺れていた。

「彩月の言うように、確かに彼は器が大きいとは思う。経営者ってなると、少し心配になるくらい単純で人柄もいい。でも、だからって自分の恋人がほかの男とふたりきりになって、何も思わないわけではないんじゃないかな」

最後「彩月に気のありそうな男となら、なおさらだ」とつけ加えられ、箸を止める。

「男は、自分の恋人に好意を寄せている男には敏感だからね。きっと成宮くんも折原くんのそういう部分に気づいたから、嫉妬したんじゃないかな」

「折原くんは、私に気があるわけじゃ……」

「彩月は、異性の好意には鈍感だからね。だからそう思うのかもしれないけれど、残念ながら間違ってる。折原くんは、高校の時から彩月のことを気にしてたよ」

気にしてた……？　あの態度で？

ポカンとしてしまった私を見て、辰巳さんが笑う。

「彩月がそうなっても無理はないよ。俺は性格上、愛情を隠したりはしないから彩月にストレートに伝えていたし、俺と離れて付き合いだしたのが成宮くんだろ。彼もバカみたいにまっすぐだからね。だから彩月は知る機会がなかっただろうけれど、ひねくれた愛情表現をする男もいるんだよ」

「あ……好きな子に意地悪するっていう……？」

幼稚園や小学校の頃には、確かにそういう男子の話も聞いたけれど、『高校生になってまで……？』と思いながら聞くと、辰巳さんが頷く。

「そうだね。気持ちを素直に伝えられなくて、どうしてもそっけない態度になってしまったり。あとからそれを後悔したり……折原くんはそういうタイプだ。少なくとも、高校の頃はそうだった」

「そういえば……辰巳さん、高校の頃、折原くんと話したんですか？　この間、折原くんからそう聞いて……」

「ああ。折原くんの気持ちには、彼の顔を見て気づいていたからね。彼はお世辞にも〝優等生〟とは言えなかったから、放っておいたらいずれ彩月によくない影響が出るんじゃないかって……でも、俺があの時に彼を牽制したのは、ただ周りが見えなくなっていただけだと、今は反省してるよ」

辰巳さんは、自嘲するような笑みをこぼしたあと続ける。

「まぁ、俺の話はいいとして。さっきも話した通り、成宮くんは人がよすぎる……というか、優しすぎるんだろう。彩月のためになるような経験を、自分の勝手な感情で邪魔するのが嫌なのかもしれない」

「邪魔だなんて……」

そんなことないのに。辰巳さんの言うことが本当だとしたら、じゃあなんで成宮さんはそう言ってくれないいんだろう。

嫌だって言ってくれたら、私だって気づけるのに。話してくれたら、成宮さんはそんな風に考えるのかって理解できるのに。

ただ黙って我慢して、偽物の笑顔で大人な対応をされても、何もわかってあげられない。私に遠慮なんてしてほしくないのに……。

「恋愛って、難しいんですね」

「誰でも通る道だよ」

ポツリとこぼした私を、辰巳さんが楽しそうに笑って見ていた。

「もっと縛ってください」


「お米の表面を、しっかり油でコーティングするように……そう、そんな感じです。お米が透明になるまで、弱火で炒めてみてください」

二回目の料理教室メニューは、パエリアとアボカドサラダ。それにデザートのチーズケーキ。

十二人の受講者は四つのグループに分かれ、それぞれ作業を分担して手を動かす。

知らない人と一緒に料理を作るということに、最初こそ不安はあったものの、みんな教室に申し込むような、料理に対して積極的な人だ。

要領よく淡々とこなしていく姿を目の当たりにして、足を引っ張らないようにしないと……とそればかりだった。

みなさん、料理教室に来る必要なんかあるのかな、と思っている中。

「ああ……ねぇ鈴村さん、ちょっと代わってくれない……？　私、目があるのを触るのはちょっと無理かも……。海老とすごい目が合ってる……」

海老を前にして、情けない声を出したのは矢田さんだ。あんなに熱心に誘ってきたから、てっきりもともと料理が得意で、その腕を磨きたいのだとばかり思っていたけれど、そうではなかったらしい。

先週といい、矢田さんは基本的に料理が何もできない。多分、成宮さんと張るレベルだ。

「確かに目が合っちゃうと、罪悪感が湧いてきちゃいますよね」

言いながら立ち位置を変わると、矢田さんは自分を抱きしめるように腕を身体に巻きつけ、身震いする。

エプロンのついているフリフリのレースが、それに合わせて揺れている。

「でしょ!? 鈴村さん、大丈夫そう?」

「はい。私はこの海老くらいなら大丈夫です。目も可愛いし。じゃあパエリアの続きは私がするので、矢田さんはアボカド切ってもらっていいですか？ いけます？」

「果物と野菜だったら、ギリいける」

同じグループの方が、クスクスと笑っているのを聞きながら私も笑みをこぼし、残っている作業に取りかかった。

でき上がった料理をみんなで試食して、後片づけを終え、二回目の料理教室は無事に終了した。

帰り際、挨拶してくれた同じグループの方と軽く話してから、私と矢田さんも帰り支度をする。

「はぁー……私食べるのは好きだけど、料理にはあまり向かないかも。魚介類の目は克服できる気がしないし」

エプロンをバッグにポスッと突っ込んだ矢田さんが、ため息を落とす。

「でも、スーパーで買うのって基本的に切り身なので、顔がある状態から自分でさばくことってそうそうないと思いますよ。調理場の方に言えば、三枚おろしなり注文通りにさばいてくれますし」

「あ、そうなの？　なんだ。生きた魚を自分でさばくのかと思ってた」

「……結婚相手が漁師さんだったらそうでしょうけど。矢田さん、本当に普段料理しないんですね」

しないどころか、普段スーパーの鮮魚コーナーすら見たことなさそうだ。よく料理教室に興味を持ったなぁと考えていると、「だって」と矢田さんが言いづらそうに目を逸らす。

「私だって、彼に手料理食べさせてあげたいとかは思うじゃない？　だから」

「あ……そうだったんですね」

矢田さんにそういう人がいたのか……と一瞬驚いたけれど、矢田さんは美人だ。性格だって明るいし、恋人がいないってほうがおかしいのかもしれない、とすぐに思い直す。

「じゃあ、矢田さんはお試しコースが終わったら、会員になって続けるんですか？」

今申し込んでいるコースだと、来週で終わりとなる。

さすがに今の矢田さんじゃ、ひとりで料理するのは無理そうだし……と聞くと、矢田さんは「そうねぇ。それか、母親に毎日教えてもらうかよね」と眉を寄せた。面倒臭そうな顔に、ふっと笑みをこぼしながらバッグのファスナーを閉める。

「お母さんに教わるのも、いいと思いますけど」

私にはそういう機会はなかったから、少し羨ましいなぁと思いながら後ろをチラッと確認する。そして折原くんが、ほかの受講者とドアの前で話し込んでいるのを確認してから、「あの」と矢田さんに話しかけた。

「私、ここは今日で終わりにしようと思ってるので……申し訳ないんですけど、来週は一緒に来られないんです」

「え……そうなの？」と少し驚いた様子を見せた矢田さんが、「もしかして成宮副社長に反対されちゃった？」と心配そうに聞くから、首を横に振る。

「成宮さんは私の意思を尊重してくれるので、反対したりはしません。でも……私が嫌で。なんとなくですけど、成宮さんがあまりよくは思ってないんじゃないかなって感じるので」

　成宮さんから感じた微妙な空気を説明するのは難しくて、つっかえつっかえ言うと、矢田さんは「そっか」と笑顔を向けた。

「講師が昔の同級生ってなると、よっぽど淡泊な人じゃなきゃ気になるものね。私だって、もし副社長の立場だったら嫌だもの。それに、正直、料理教室で鍛えなきゃいけないのは私だけっぽいしね」

　最後、苦笑いを浮かべた矢田さんがスマホを確認するなり、「あ」と焦ったような声を出す。

　どうやら話題に挙がっていた恋人が駅まで迎えに来てくれているらしかった。

「私ももう帰るので、行って大丈夫ですよ」

「そう？　じゃあお先に。あ、今月、どっかの休み空けといて。ランチおごるから！　料理教室、付き合ってくれたお礼」

「ありがとうございます。お疲れ様でした」

笑顔で手を振ると、矢田さんが折原くんと挨拶を交わし、教室を出ていく。

それをきっかけに、今まで折原くんと話していた受講生も教室から出ていき、気づけば室内には折原くんと私だけになっていた。

私も帰ろうと出口に向かったところで、それを邪魔するように折原くんが目の前に立つ。

見上げると、夕日を背にした折原くんが真面目な表情で私を見ていた。

「今日のパエリア、すごくおいしかったよ。難しそうだと思って今まで作ったことなかったけど、あれなら家でも作れそうだし、今度――」

「さっきの話。ここ辞めるって本当に?」

まさか、聞かれているとは思わなかった。折原くんはほかの人と話していたから。聞き耳を立てていれば聞こえない距離じゃないにしても……と少し驚く。

直接辞めるって言うのは気まずいし、何より私が申し込んだのはお試しコースだ。料金は前払いだし、三回すべて出席しなければならないわけではないだろうから、来週どこかで欠席の連絡を入れれば終わることだと思っていたんだけど……聞かれてしまった以上、ごまかす気にはなれなかった。

「……うん。あ、でも、折原くんの教え方がどうとかいうんじゃなくて、私の事情だから」

　路地側の大きなガラス窓から、西日が差す教室。

　本来なら、じりじりと焼けるくらいの日差しなのに、エアコンの効いた室内にいると、暑さを微塵も感じなかった。むしろ、調理をする前提で設定された室内の温度は、寒さを感じるほどだ。

　なんとなく決まりが悪くなって、肩にかけたバッグの持ち手をいじっていると、少しの間を置いたあと、折原くんが聞く。

「さっき話してた〝成宮〟って誰？　鈴村の今の男？」

「……うん。恋人」

　全部聞かれていたんだな、と思いながら頷くと、折原くんはなぜだか眉を寄せた。

　その険しい表情は高校の頃よく見ていたもので……逆に言えば、料理教室で再会してからは見たことがなかった。

　再会してからの折原くんはただ明るくて穏やかだったのに……と戸惑っていると、折原くんはそんな私を見て、はっと笑みを吐き出した。

「鈴村ってさ、昔も今も、男にいいように縛られてんの？　それで楽しいわけ？」

「別に縛られてるわけじゃ――」と言いかけたところで、「俺にはそうとしか見えないけど」と強引に遮られる。

「高校の頃、鈴村の友達関係にまで口出ししてきた前の婚約者もどうかと思うけど。料理教室行くってだけなのに、それを嫌がる今の男も充分頭おかしいだろ。ついでに言えば、そんな男のワガママを聞いてる鈴村もどうかしてる」

急に態度を変えた折原くんにハッキリと言われ、声をなくす。

そこにはもう、明るさなんて見つけられなかった。高校の頃、校門前で私の腕をつかんだ時の折原くんが重なる。

「鈴村だって、縛られるのが窮屈だったから、高校の頃あんなつまらなそうな顔してたんだろ」

言い切った折原くんは、私の答えなんて聞かずに続ける。

「今の男と一緒にいたって、結局不幸になるだけだ」

『そんなわけない』とすぐに言い返せなかったのは、折原くんがあまりに切実に訴えてくるからと……あと、言われた言葉の中に引っかかるものがあったからだ。

なんでもストレートに言う成宮さんが、どうして料理教室が嫌なら嫌だって言ってくれないんだろうって疑問だった。それが今、ようやくわかってきた。

「俺だったら鈴村を自由にしてやれる」

険しい表情のまま告げられた言葉に、思わず「え……」と声が漏れていた。

でも、それ以上は何も言えなくなってしまった私を見つめ、折原くんが口を開く。

「高校の頃の俺は、確かに鈴村と釣り合っていなかった。でも、今は違う。仕事だって真面目にやってるし、第一、鈴村を縛りつけたりしない」

折原くんの表情や、張りつめた空気から、冗談じゃないことはわかっていた。それでも、折原くんが私のことを……なんて急に信じることもできずにうつむいた時、辰巳さんに言われた言葉を思い出す。

『折原くんは、高校の時から彩月のことを気にしてたよ』

『彩月は知らないだろうけれど、ひねくれた愛情表現をする男もいるんだよ』

それが事実だとしたら、折原くんは私を想ってくれているってことだろうか……。

「……急に言われても」となんとか答えると、折原くんはすぐに「急じゃない」と否定した。

「高校の頃から、苦しそうにしてる鈴村がずっと気になってた。……俺も家が窮屈で同じだと思ったから」

そういえば。高校の頃、いつだったか折原くんに言われたかもしれない。

『俺はお前と同じだから』

あの時は特に気にもとめていなかったことが、不意に思い出される。当時はどういう意味かもわからずに、すぐ記憶から消してしまったけれど、今ならわかる気がした。

折原くんは、料理人の両親に小さい頃から厳しく料理を教えられていたと言っていた。自由のない、そんな家が窮屈で……だから同じ思いを抱えている私を見つけたのかもしれない。

……そうか。折原くんは、あの頃から私のことを気にかけていてくれたのか……とようやく納得して見ていると、折原くんは「本当は」とバツが悪そうに後ろ髪をくしゃっとかいた。

「つまんなそうにしてる鈴村を連れ出して、笑わしてやりたいって思ってた。息をつける場所がないなら俺が、って。……なんか、鈴村は真面目でタイプが違うから近づき方がわからなくて、結局うまい言葉をかけてやれなかったけど」

……私の世界は、あの頃、両親と辰巳さんのことだけでいっぱいだった。だから、いろいろ気づけていなかったのかもしれない。折原くんが、そんな風に思っていてくれたなんて想像もしなかった。

『俺はお前と同じだから』

きっと、強い思いを持って言ってくれたのに。

申し訳なさを感じて見つめる先で、折原くんは真面目な顔をしていた。

オレンジ色の西日が、横から彼を照らす。

「再会して、鈴村は明るい顔をしてたから最初は安心した。でも、そんな自分勝手な感情で縛りつけてくる心の狭い男と一緒にいるって聞いたら、引き下がれない。大体、鈴村だってつまらないだろ？」

最後、同情するように眉間にシワを寄せて聞いてきた折原くんに、そっと口を開いた時。

「——悪かったな。心が狭くて」

ふたりきりだった教室に、第三者の声が落ちた。とてもよく知っている声に、まさか……と思いながら視線を移すと、教室に足を踏み入れた成宮さんが、後ろ手にドアを閉めたところだった。

「どうして……」と思わず声をかけると、成宮さんは「やっぱり心配だったから迎えに来た」と私の隣に並びながら答えた。それから、視線を折原くんに移す。

突然現れた成宮さんに、折原くんは驚いていたようだったけれど、すぐに気に入らなそうに顔をしかめた。

「受講者以外、立ち入りはご遠慮いただきたいんですが」

「言われるまでもなく、すぐ出てくよ。こいつを連れて」

　さっきまでも充分ピリピリしていた空気が、成宮さんの登場で、より一層張りつめているように感じた。

　睨み合うふたりが一触即発に見え、どうしようと焦っていると、成宮さんが沈黙を破る。

「正直、自分自身でもどうかと思って考えたし、彩月にはもちろん自由に笑っててほしいと思ってる」

　そう口にする成宮さんの横顔は、いつもみたいにまっすぐで……。

　それに気づいただけで、さっきまで感じていたピリピリした空気も、それに対する焦りも姿を消していた。

「でも、それと同じくらい、誰にも取られたくないんだから仕方ないだろ。こいつのことをいくら信用してたって、嫌なもんは嫌だし、我慢する気もない」

　この間、感じたみたいな違和感はない。

　なんの嘘もない瞳に、自然と頬が緩んでいた。私はやっぱり、こういう成宮さんがたまらなく好きだと改めて感じながら、納得できなそうな顔で黙っている折原くんを見た。

「折原くん。私のこと、心配してくれてありがとう」

お礼を言ってから、微笑みを浮かべる。

「高校の頃、私を縛っていたのは、確かに不自由なものだったかもしれない。でも、今私を縛っているのは、あの頃のものとは違うよ。だから、大丈夫」

折原くんは目を見開いてから、諦めたようにため息をつく。

その様子を見てから、隣に立つ成宮さんを見上げた。

「考えてみたら、縛られるのが嬉しいなんて初めてです」

そう告げた私を見て、成宮さんはバツが悪そうに微笑んでいた。


帰りがけにスーパーで買ってきた物を、冷蔵庫に詰めていく。

成宮さんが『今日はいろいろあって疲れただろうし、買った物でいい』と言うから、今日の夕飯はパン屋さんで買ってきたパンになった。

牛乳やらハムやらを冷蔵庫にしまい終わったところで、成宮さんが聞く。

「料理教室、よかったのか？」

結局あのあと、折原くんには今日で辞めることを再度告げた。

『わかった』という声に元気はなかったけれど、『会社の人にも勧めといてよ。俺の

「はい。成宮さんを喜ばせたくて通っていたのに、それで成宮さんが不快な思いをするなら意味がないですし。矢田さんにも説明してあるので、大丈夫です」

夕飯まであと一時間ほどある。

パンの袋を覗き、一応、サンドイッチ系だけ野菜室に入れておこうかと取り出しながら続けた。

「先週の土曜日、料理教室のことで成宮さん、何かを言おうとして我慢したので、なんでだろうって気になってたんです」

自覚はあるのか、成宮さんが「あー……」と苦笑いを浮かべて目を伏せる。

そんな様子を見ながら微笑んだ。

「でも、それが折原くんの言葉でわかりました」

サンドイッチを野菜室に入れてから、目を合わせる。

「私を縛る言葉だと思ったから、言わなかったんですね。辰巳さんとのことがあったから」

『高校の頃、鈴村の友達関係にまで口出ししてきた前の婚約者もどうかと思うけど。料理教室行くってだけなのに、それを嫌がる今の男も充分頭おかしいだろ』と笑っていたから、きっと大丈夫だろう。

成宮さんもきっと、自分のことを同じように思ったんだ。だから、言わなかったんだろう。どこまでも優しい人だから、自分の気持ちよりも私の自由を優先してくれていた。

そう確信して言うと、成宮さんは隠すことはせずに自嘲するような笑みを浮かべた。

「俺は、お前に自由に笑ってほしいと思ったし、俺ならそうしてやれるっていう自信もあったからな。なのに……こんなつまらないことで嫉妬して、お前を縛ったりしたくなかったから」

「ありがとうございます。……でも、成宮さんは勘違いしています」

「勘違い？」と片眉を上げる成宮さんを、じっと見上げた。

「私、自由になりたいわけじゃないんです。ただ、成宮さんと一緒にいたいだけです。やきもちだって、成宮さんが見せてくれる感情ならなんでも嬉しい」

そうだ。なんだって、成宮さんがくれるものなら優しくて温度があるから、嬉しい。

「なんとなくでも嫌だなって感じたなら、ハッキリ言ってください。そのほうが成宮さんらしいし、私は好きです。我慢しないでください」

ニコリと微笑んでから、「だから」と続けた。

「安心して、私のこと縛ってください」

そう告げると、成宮さんは驚きを顔に広げてから……それをいたずらっぽい笑みに変える。

「……なんか、エロいな」

「エロ……？　わ、私は真面目に話して……っ」

真剣な話をしていたのに。

思いがけない返しをされて反論しようとしたところで、頭を抱き抱えられ、そのままキスされる。

口内を舌でひと撫でした成宮さんは、唇を離すと、おでこをこつんとくっつけた。

「わかってる」

本当だったら、言ってやりたいことがあるのに……そんな甘い声を、そんな熱のこもった瞳を向けられたら、文句も引っ込んでしまう。もう、全部がどうでもよくなってしまう。

「悪い。あまり心が広いほうじゃないみたいだ」

言い終わった直後、再び唇が重なったけれど、今度はすぐには離れなかった。

「ん、ぅ……んん」

身長差があるから、見上げてするキスは苦しい。

そんな私に気づいたのか、成宮さんは簡単に私を抱き上げると、寝室に移動してベッドの上に私を下ろした。

ギシリと軋んだベッドに、胸が大きく期待の音をたてた。

〝エロい〟なんて、さっき成宮さんが言っていた時には怒ったけれど……本当にその通りなのかもしれない。成宮さんの肌に触れることが気持ちいいと知っている身体は過剰なほど、その指に、舌に反応してしまっていた。

「あっ、成宮さ、ん……も、ぅ……んっ」

理性を脱がされた脳では、ただ成宮さんから与えられる快感を追うことしかできなくて、恥ずかしいだとかを感じるセンサーは壊れてしまっているようだった。

それでも押し寄せる快感に耐え切れなくなり、掠れた声と涙で訴えると、成宮さんはそんな私を見て、妖美に、そして意地悪に微笑む。

「夕飯、遅くなってもいいか？」

「……んっ、はい……」

いつもは見せないような表情に、胸がドキリと跳ねる。あんなにおおらかな成宮さんが、私だけに見せてくれる独占欲が嬉しくてたまらなかった。

　翌日、夕食時に訪ねてきた慶介さんに料理教室を辞めたことを伝えると、とても驚いた顔を返されてしまった。

「え、彩月ちゃん、料理教室辞めたの⁉　もしかして食われそうになったとか？」

　そこまでにはなっていないものの、全く違うとも言い切れずに黙る。

　成宮さんも説明するつもりはないようで、黙々とお皿にご飯をよそっていた。

　ゆで卵の輪切りと、ハムをたくさん載せたサラダをダイニングテーブルに運んでいると、すでに着席している慶介さんが、ランチョンマットを敷きながら言う。

「やっぱりねー。だから言ったじゃん。男の料理教室なんて、下心で成り立ってるんだから気をつけないと……で、なんでふたりしてレトルトカレー食べようとしてんの？　珍しくない？」

「ちょっと事情があって……慶介さんもカレーでよければ食べますか？」

「ん？　んー、食べようかな。中辛か辛口でお願いします」

「はい」

　キッチンのパントリーから辛口のレトルトカレーを取り出し、電気ケトルでお湯を沸かす。『ひとり分なら、卵焼き用のフライパンで充分かな』と思い、そこに沸いたお湯とパウチを入れ、コンロの電源を入れた。

タイマーを三分にセットする。

「彩月にやらせないで、自分でやれよ」と不満そうに言う成宮さんの言葉なんて聞こえないみたいに、慶介さんは「ん？　っていうか、この部屋焦げ臭くない？」と眉を寄せるから……こっそり苦笑いをこぼした。

焦げ臭い原因は、三十分ほど前に成宮さんが調理していたパエリアだ。

材料も手順も、折原くんに教わった通りに作った。

なのに……蒸し終えてフライパンのフタを取ると、なぜだかお粥同然となっていて。

しかも下のほうは炭化してしまっていて……。

味見したけれど、残念ながら……って感じだったから、廃棄処分になってしまった。

そして気を取り直して、レトルトカレーで夕飯にしようとしたところで、慶介さんが『おっじゃまー！』と騒がしく入ってきた、というわけだ。

成宮さんがそう事情を説明すると、慶介さんは呆れたような笑みを向けた。

「アッキーって料理のセンスないよね。っていうかさ、もうアッキーが料理教室に通ったほうがいいって」

残っているご飯をお皿に入れながらふたりの会話を聞いていると、慶介さんが思い出したように「あ！」と明るい声を出す。

「そういえば、会社近くに新しくできた料理教室の先生が、美人でエロいらしいんだよ。先生目当てで通ってる男もいるって話だし、アッキー一緒に行かない？」

「は？　行くわけ――」

「ダメです」

無意識だった。咄嗟に声が出てしまっていて……ハッとして顔を上げると、成宮さんと慶介さんが目を丸くして私を見ていて、慌ててしまう。

今のはふたりの会話だったのに、割り込むようなことをしてしまったし、それに、成宮さんが決めることなのに私が出しゃばってしまった。

あわあわしながら「すみません、今のは……」と弁明しようとすると。

「行かない。彩月がうまい飯作ってくれるから、俺は苦手なままでいいしな」

楽しそうに笑った成宮さんが言う。

バツの悪さに何も言えずにいる私を見て、成宮さんがクックとまだ笑っているから、その姿に私もつられ、笑みをこぼす。

昨日成宮さんは自分のことを〝あまり心が広くない〟なんて言っていたけど、そんなの嘘だ。私の束縛を、こんな風に楽しそうに笑って受け止めてくれるのだから。

私たちの様子を見ていた慶介さんは、頬杖をついて呆れたような笑みをこぼした。

「なんかさ、この部屋に来るとまともに恋愛したくなるんだよね。俺もパエリア炭化させて失敗したあとでも、笑って一緒にレトルトカレー食べられる女の子を探そうかなぁ」

背もたれに背中をつけ、天井を仰ぐ慶介さんに、成宮さんと目を合わせて笑う。

嫉妬だって束縛だって、その奥にあるものが温かい気持ちなら、窮屈なんかじゃない。私だけが独り占めできる成宮さんがいて嬉しい。

成宮さんとの未来は、甘い拘束で満ちている。

END

あとがき

こんにちは。ｐｉｎｏｒｉです。

　たくさんの本の中からこの作品を手に取ってくださり、ありがとうございます。

『じめっとした場所にいたヒロインが、カラッとしたお日様みたいなヒーローに救われて惹かれていき、笑顔を取り戻すまでを描きたい！』と、そんな思いで書き始めた物語でしたが……結果的に言うと、ヒーローの成宮は私が今まで書いたヒーローの中で一番裏表がない、誠実なヒーローになり、とても満足しております。

　その反面、もうひとりのヒーロー、辰巳がやや可哀想な立ち位置になってしまい、申し訳ない思いでいました。

　でも、サイト掲載時、読者様から『成宮もいいけど、自分だったら辰巳と結婚するかも』というお言葉をいただき、なんだか私が救われた思いでした。今、あとがきを読んでくださっている方の中にも、辰巳を気に入ってくださった方がいたら、とても嬉しいです。

辰巳的には、彩月の兄のような父のような目線でいます。だから、もしも成宮と彩月の間に子供が生まれたら、きっと目尻を下げて、器が大きいと作中で褒められている成宮が不満を露(あら)わにするくらいには、成宮のマンションに入り浸るんじゃないかなと思います。

そうやって、みんなが幸せになってくれるといいなと思います。


最後になってしまいましたが、今回、文庫化にあたりご協力いただいたスターツ出版様、担当編集の額田様。部屋中を満たすような、甘い雰囲気のふたりを描いてくださったワカツキ様。

そして、この作品を読んでくださった読者様。

この作品に携わってくださった、すべての方に感謝いたします。

ありがとうございました。

pinori(ぴのり)

pinori先生への
ファンレターのあて先

〒104-0031
東京都中央区京橋1-3-1
八重洲口大栄ビル7F
スターツ出版株式会社　書籍編集部　気付

pinori先生

本書へのご意見をお聞かせください

お買い上げいただき、ありがとうございます。
今後の編集の参考にさせていただきますので、
アンケートにお答えいただければ幸いです。

下記URLまたはQRコードから
アンケートページへお入りください。
http://www.berrys-cafe.jp/static/etc/bb

過保護な御曹司とスイートライフ

2018年5月10日　初版第1刷発行

著　者　pinori

発行人　松島 滋
デザイン　カバー　根本直子（説話社）
フォーマット　hive & co.,ltd.
校　正　株式会社　文字工房燦光
編　集　額田百合　三好技知（ともに説話社）
発行所　スターツ出版株式会社
〒104-0031
東京都中央区京橋1-3-1　八重洲口大栄ビル7F
TEL　販売部　03-6202-0386（ご注文等に関するお問い合わせ）
URL　http://starts-pub.jp/
印刷所　大日本印刷株式会社

Printed in Japan

ISBN 978-4-8137-0454-6　C0193

ベリーズ文庫 2018年6月発売予定

書店店頭にご希望の本がない場合は、
書店にてご注文いただけます。

『ワケあって本日より、住み込みで花嫁修業することになりました。』
田崎くるみ・著

Now Printing

OLのすみれは幼なじみで副社長の謙信に片想い中。ある日、突然の縁談が来たと思ったら…相手はなんと謙信！　急なことに戸惑う中、同居＆花嫁修業することに。度々甘く迫ってくる彼に、想いはますます募っていく。けれど、この婚約にはある隠された事情があって…？

ISBN978-4-8137-0472-0／予価600円＋税

『もう一度君にキスしたかった』
砂原雑音・著

Now Printing

菓子メーカー勤務の真帆は仕事一筋。そこへ容姿端麗のエリート御曹司・朝比奈が上司としてやってくる。以前から朝比奈に恋心を抱いていた真帆だが、ワケあって彼とは気まずい関係。それなのに朝比奈は甘い言葉と態度で急接近。「君以外はいらない」と抱きしめてきて…!?

ISBN978-4-8137-0473-7／予価600円＋税

『俺様ドクターと至極のリアルロマンス』
水守恵蓮・著

Now Printing

雫が医療秘書を務める心臓外科医局に新任ドクターの祐がやってきた。彼は大病院のイケメン御曹司で、形ばかりの元婚約者。祐は雫から婚約解消したことが気に入らず、「俺に惚れ込ませてやる、覚悟しろ」と宣言。キスをしたり抱きしめたりと甘すぎる復讐が始まり…!?

ISBN978-4-8137-0469-0／予価600円＋税

『幼妻育成⁉軍人皇帝は溺愛初夜が待ち遠しい』
桃城猫緒・著

Now Printing

王女・シーラは、ある日突然、強国の皇帝・アドルフと結婚することに。ワケあって山奥の教会で育てられたシーラは年齢以上に幼い。そんな純真無垢な彼女を娶ったアドルフは、妻への教育を開始！　大人の女性へと変貌する幼妻と独占欲強めな軍人皇帝の新婚物語。

ISBN978-4-8137-0474-4／予価600円＋税

『続きは秘密の花園で-副社長の愛は甘くて苦い⁉-』
木村咲・著

Now Printing

花屋で働く女子・四葉は突然、会社の上司でエリート副社長の涼から告白される。「この恋は秘密な」とクールな表情を崩さない涼だったが、ある出来事を境に、四葉は独占欲たっぷりに迫られるように。しかしある日、涼の隣で仲良くする美人同僚に出会ってしまい…!?

ISBN978-4-8137-0470-6／予価600円＋税

『極甘王太子は寵姫の愛に陥落する』
惣領莉沙・著

Now Printing

王太子レオンに憧れを抱いてきた分家の娘サヤはある日突然王妃に選ばれる。「王妃はサヤ以外に考えられない」と国王に直談判、愛しさを隠さないレオン。「ダンスもキスも、それ以外も。俺が全部教えてやる」と寵愛が止まらない。しかしレオンに命の危険が迫り…!?

ISBN978-4-8137-0475-1／予価600円＋税

『結論、保護欲高めの社長は甘い狼である。』
葉月りゅう・著

Now Printing

商品開発をしている綺代は、白衣に眼鏡で実験好きな、いわゆるリケジョ。周囲の結婚ラッシュに焦り、相談所に入会するも大失敗。帰り道、思い切りぶつかった相手がなんと自社の若きイケメン社長！「付き合ってほしい。君が必要なんだ」といきなり迫られて…!?

ISBN978-4-8137-0471-3／予価600円＋税